U0071221

HISTORY AND MODERN
CULTURE STUDIES AND MODERN CHINESE LITERATURE

歷史與摩登

文化研究視角下的中國現代文學

韓晗——著

前言

　　現代文學研究，本身面對的就是一個個開放性的問題，我們既要避免走入理論前置、強制闡釋的誤區，又要以積極的姿態、跨學科的視域來對現代文學若干問題進行有意義的研究，這顯然是一件有些吊詭的事情，但並非不可嘗試。

　　筆者從事中國現代文化史、文學史與思想史研究已有十餘年，一直堅守師出無門、轉益多師的研習態度，儘管對於若干問題的思考亦只能算是浮光掠影，但卻是自己近五年來苦心探索所得，期盼能夠為現代文學研究者們提供一個拋磚引玉的機會，懇請諸方家不吝賜教。

　　感謝《清華大學學報（哲社版）》、《外國文學研究》、《中國出版史研究》、《中國社會科學文摘》、《中國人民大學書報複印資料》與《逢甲人文社會學報》等學刊發表、轉載了敝著中的部分篇章。此外，向讀過敝著部分論稿並予以支持指教的王德威教授、周華斌教授、張隆溪教授、趙毅衡教授、Robin Visser教授、聶珍釗教授、李金銓教授、范繼忠教授、陳子善教授、陳思和教授、曹順慶教授、陳丹丹助理教授、楊遠承先生等師友致謝，內子張萱博士曾就書中若干問題與我反復研討，所賦予我的學術靈

感，銘感至深。

此外，向資助敝著出版的秀威資訊總經理宋政坤先生、副總編輯蔡登山先生虔誠致敬，感恩我們十餘年來的學術合作，諸君為學術、文化而付出的努力，是我前行的動力。

韓晗

2016年3月20日颱風過境時，於深圳南山

目 次

前言　003

PART1　思潮與事件

民族主義與中國現代文學　008

「小國文學」與外國文學研究的「中國化」　025

古體詩詞與中國現代文學　039

都市文明與中國現代文化　053

PART2　知識分子

周貽白：重寫的兩部戲劇史　072

張光年：「向陽湖」與其晚年思想的轉變　090

蘇雪林、胡適與周作人：

　　　三個不同的「五四觀」　110

楊昌溪：一位消失的文學家　128

PART3　出版與大眾媒介

〈七年來的上海雜誌事業〉

與上海淪陷時期的期刊出版　　166

雙向啟蒙：現代印刷技術與晚清市民文學　　181

現代印刷業與1930年代的左翼文藝　　200

裝飾藝術風格、「雜誌熱」與現代海派文化　　220

PART 1

思潮與事件

民族主義與中國現代文學

　　在中國現代文學史研究中，民族主義是一個揮之不去的幽靈。
甚至可以這樣說，發軔於晚清、由新式知識份子引進並重新定義的
民族主義奠定了中國現代文學的若干意識形態基礎，它以白話文為
基石，弘揚「庶民文學」的大眾性，強調文學在建立一個「民族
國家」的過程中所起到的凝聚力作用，使得中國現代文學的「民族
性」在現代史中不同的階段──尤其是抗戰期間獲得了獨特彰顯，
因而在很長一段時間裏它決定了中國現代文學的發展軌跡。但另一
方面，中國現代文學的主流實踐者卻常標榜精英並以崇尚西學的表
現參與到中國現代文學的文化建設當中，這看似又與先前以大眾為
核心的「庶民文學」看似相抵。

　　隨著近年來一批史料被挖掘以及現代文學研究對象的多元化，
事關民族主義的雙重弔詭在現代文學界已經獲得了一定的討論。但
有一個基本的問題卻似乎被學界所忽視：在中國現代文學史裏，
「民族主義」自始至終究竟發生了怎樣的變化？

　　藉此，本章擬採取「範式研究」這一方法，在探索問題之前，
結合筆者先前對於民族主義所探索的相關心得，構建「民粹／精
英」（Populism／Elite）這一二元範式來梳理「民族主義」對中國

近現代文學史的影響。[1] 並審理如下三個問題：首先，在民族主義
萌芽階段時，它對於中國現代文學體制的影響是單一的還是二元
的？其次，「精英／民粹民族主義」[2]在中國現代文學進程中各自
扮演了什麼樣的角色？其三，作為兩種民族主義具體表現形式的
「民族主義文藝思潮」與「延安文藝」，究竟各有何得失？

一

在晚清（1840-1911）之前，中國沒有嚴格意義上的「民族主
義」一說，所謂民族主義，也是以「族群」為代表的「狹隘民族主
義」。在當時大多數中國人看來，唯一合法的制度是「普天之下，

---

[1] 對於「精英／民粹民族主義」二元範式對中國文學之影響，筆者已經有一
定的思考與探索，其中包括〈「越風東南清」──重讀《越風》雜誌及相
關史料考辨〉（《遼寧大學學報》，2011年第5期）、〈我們需要什麼樣
的民族主義〉（《同舟共進》，2011年第8期）、〈「怎樣遺忘，怎樣回
憶？」──以《現代文學評論》為支點的史料考察〉（《東方論壇》2010
年第6期）與〈沒有辛丑，哪來辛亥？〉（《粵海風》，2012年第5期）。

[2] 中國大陸有學者認為，「民族主義文藝運動」只存在於1930年，其後這一
運動逐漸偃旗息鼓，但事實上，隨著1931年「九·一八」事變的爆發，
國民政府不再積極主動地推行這一運動，但其參與者如潘公展、李贊華、
趙景深等人仍然活躍於文壇并自發地延續這一運動的精神本質，形成了影
響較大的「民族主義文藝思潮」。1935年，迫於國難的形勢，國民政府在
全國範圍內推行「本位文化建設運動」，但實際上其參與者幾乎仍是「民
族主義文藝運動」的一批學者、作家，也有學者認為，「本位文化建設運
動」應是「後期民族主義文藝運動」。因此，「民族主義文藝思潮」可以
看作是橫跨二十世紀三十年代至四十年代的文藝思想主潮。

莫非王土」的「族群／民族」而非「民族／國家」。[1]包括當時精英集團的許多人都普遍認為,這些「洋人」在本質上與周圍的少數民族相同,都屬於未曾開化、必須臣服於「天朝上國」的「夷人」。

鴉片戰爭的爆發是中國「民族主義」(或曰「現代民族主義」)的邏輯起點,戰爭的失利促使了中國社會各階層對於自身存在狀態的反思。與先前的「狹隘民族主義」有別在於,這種反思具備一種普遍性,朝野上下都知曉「天下」並不止中國一國。怎樣面對其他國家以及如何與其交往,構成了自晚清以來始終在中國社會不斷爭議的一個民族主義性質議題。

自第一次鴉片戰爭以來,大多數中國人對於「民族主義」始終存在兩種不同的觀念。一種是主張開放認清形勢,使中國人成為世界公民之一份子,融入全球化之洪流,但這一切必須依靠有知識有文化的社會精英影響民眾來完成,即「精英民族主義」;而另一種則傾向保守,迴避現實,認為中國可獨立於世界諸國而發展並自強,但其前提是要打破社會階級分野並發動民眾,即「民粹民族主義」。在這兩種民族主義的共同作用下,中國現代文學這一新生事物破殼而出,登上中國文化歷史的舞臺。

---

[1] 按照現代民族學的觀點,「民族」是由「族群」所組成的,作為社會屬性的「民族」所依附的是「國家」,即「民族國家」制度,而「族群」是憑藉相同的文化、語言、宗教與生活習慣而天然形成的人類聚居群落,是人類的自然屬性。

儘管「五四」運動甫一開始時，由於擴大影響需要，「民粹民族主義」在白話文運動、庶民文學觀的建立中曾發揮過一定的優勢作用。但「新文化運動」成功之後，「後五四」時代的一批文學實踐者受到了歐洲精英主義哲學與知識份子理論的影響，早已不自覺地傾向於「精英民族主義」，即熱衷於以改良的姿態、知識份子的精英話語來實現民族獨立與復興，同時還要積極地吸收舶來文化，使民族融入全球化的國際範疇。而「民粹民族主義」逐漸式微，從「批判帝國主義」轉變為對中國買辦階級、統治階級的鞭撻，在上個世紀二十年代演化成了「左翼文學」。

　　儘管有「左翼文學」、「社會民主主義文學」等強調民粹、反對階級性的文學體系，但縱觀自「五四」到抗戰期間近二十年，整個中國文學界的主流卻呈現出了向「精英民族主義」逐漸靠近的趨勢，這主要反映在如下兩個方面。

　　一是對於外國文學尤其是「小國文學」翻譯、研究的重視。

　　王哲甫在《中國新文學運動史》中說：「中國的新文學尚在幼稚時期，沒有雄宏偉大的作品可資借鏡，所以翻譯外國的作品，成了新文學運動的一種重要工作。」[1]「新文化運動」本身是一批留洋學生發起的文學革命。相當多關於「民族主義」重要外國著作陸續被譯介到中國。其中包括蔣廷黻翻譯的《國族主義論叢》（海斯著）、「未名社」翻譯的俄羅斯民族文學以及「《新青年》作者

---

[1]　王哲甫：《中國新文學運動史》，上海：傑成印書局，1933年，頁44。

群」與王光祈、江亢虎等人聯合翻譯的馬克思主義論著等等。其中，最有代表性的當為「小國文學」研究。

由於二十世紀初期世界殖民地國家獨立風潮盛行全球，如土耳其、巴西、阿根廷、敘利亞與巴西等一批「小國」相繼民族獨立並建國後，基本都走向了繁榮富強。這對於當時中國知識份子界觸動極大。大家幾乎都一致認為，如果沒有民族的獨立，就不存在國家的富強。因此，如何在這些「解殖」國家的文學狀況中摸索經驗，便構成了當時許多學者的翻譯、研究之熱點。譬如在上個世紀二十年代初，《小說月報》先後組織了「被損害民族的文學號」、「非戰文學號」、「泰戈爾號」（上下）、「安徒生號」（上下）等專號，旨在探索「小國」的文學經驗，這一熱潮一直持續到上個世紀三十年代的「《現代文學評論》派」的小國文學研究。以劉半農、胡適、焦菊隱、趙景深、周揚、楊昌溪為代表的知識份子在「後五四」的近二十年裏，薪火相傳地在「小國文學」翻譯與研究實踐中尋求民族獨立之道。關於這一問題，筆者將在下一章予以詳述。

二是在文學創作中，新文學實踐者們始終努力將西方文學的文體、風格、體裁甚至題材引入中國，試圖構建一種符合中國語境的「民族風格」。

隨著外國文學作品譯介、研究的興盛發展，現實主義、表現主義、古典主義、自然主義與唯美主義等新興創作形式、文體風格也被隨之譯介到了中國，並為帶動了中國作家的文學實踐。

在「後五四」時期，以張資平、施蟄存與劉吶鷗的現代主義、

邵洵美、滕固為代表的唯美主義、以李金發、卞之琳為代表的象徵主義等新興寫作樣式，與裝飾主義風格（Artdeco）、包豪斯風格建築、消費主義等都市文明的各類元素交相輝映，借報刊、電影、廣播與出版現代傳媒之便利，將美術、音樂、雕塑等其他藝術門類的審美特質貫穿到文學創作當中，使得這些新興文學作品充斥著光怪陸離、燈紅酒綠的現代摩登場景，形成了中國現代文學的「西化」風潮。

平心而論，這些作家的文學實踐，雖然看似西化，但並非甘當西方文學之附庸，而意在「師夷長技」並形成本民族自己的文學風格。早在「五四」時，胡適就提出「西化」的目的是「世界化」這一「文化世界主義」理想，而陳銓也認為「其實新文化運動本來的動機，是要創造一種新文化，使中華民族獨立自由，發展它特殊的性格。新文化運動，實際上是一個民族運動。」[1]因此，卞之琳對於中國古體詩詞格律的改革與借鑒、張資平小說中的鄉村客家老屋、李金發詩歌對梅縣風土民俗的描寫以及蔣光慈小說對上海底層市民的刻畫等等，其實都深刻地反映了當時作家「西體中用」的「文化民族主義」理想，意圖在世界性的文學版圖上構建中國文學的地標。

上述文學實踐雖然是以「民族主義」為核心，但毋庸迴避的是，在「後五四」現代文學作家的文學實踐中，「民粹」似乎被大

---

[1] 陳銓：〈民族主義與文學運動〉，載於溫儒敏、丁小萍主編：《時代之波：戰國策文化論著輯要》，中國廣播電視出版社，1995年，頁409。

多數人所忽略，但文學歸根結底是要影響社會並作用於歷史時代的。這決定了中國現代文學史的主流力量必將在日後走向分裂。

二

因此，「新文化運動」的爆發並導致「中國現代文學」的發生，其實是上述民族主義「合謀」的結果。歸根結底來看，「民族主義」以「二元」的形式決定了中國現代文學的開端。甫一開始，文學革命的參與者時刻在提醒自己「中國人」的民族身分與「開民智」的歷史任務，進而使得文學變為「庶民的文學」、「民族獨立」這一政治功利化的工具，但其後他們又無法擺脫「精英主義」的社會屬性，使得自己的文學實踐可以真正地「走向民間」。因此，「民粹」在「後五四」近十餘年的歷史裏逐漸被湮沒了，作家、理論家與翻譯家們開始不約而同地關注於宏大的歷史文化背景、民族生存狀態與政治文化空間，意圖在西方文化樣態的影響與世界文學的大格局下，建造出「中國化」的文學形態，以便為構建現代「民族國家」這一歷史任務服務。

但隨著「九‧一八」事變的爆發與抗戰逐漸深入，「民族主義」日漸上升為社會意識形態的主旋律，並受到了不同政治力量的共同認可。上個世紀三十年代初，一個時代性的問題同時擺到了當時的文學實踐者與政治家的面前：文學如何承擔同仇敵愾的歷史責任？

在這個關係到民族存亡的問題上，國民政府發起了以「精英民

族主義」為主要指導思想，宣導「民族主義文藝思潮」的「民族主義文藝運動」。與此同時，遠在延安的中共文藝領導人也以「民粹民族主義」為理論前提，建構出了與國民政府官方相抗衡的「延安文藝」，但值得注意的是，這兩種民族主義的本質，實際上是早期新文學運動肇始時兩股民族主義思潮重新「浮出水面」的結果。

「民族主義文藝運動」是國民政府於上個世紀三十年代初推行的文化運動，旨在將「民族性」與文藝創作相結合，意圖依照西方的「民族／國家」理論，為國民政府的統治獲得一個在「民族」理論上的合法性認可，從而促進全民族的凝聚力。在文學實踐上以「小國文學」研究、少數民族文學研究為主，主張「致力於民族主義的文學與藝術的創造，喚起民族意識，創造民族的新生命。」[1]

在「民族主義文藝運動」推行幾年後，國民政府又推行了「本位文化建設運動」——這是對「民族主義文藝思潮」的實踐具體化。該運動主張從傳統文化出發，挖掘、弘揚國粹中抗擊外侮、不屈不撓的民族精神，並將岳飛、文天祥等人的事蹟拍成古裝戲、古裝電影在全國推廣。在國民政府的號召下，以阿英、周貽白與顧仲彝等人為代表的新文學作家，不約而同地投身到歷史文學作品的創作，以劉盼遂、徐一士、許壽裳為代表的「《越風》作者群」開始從「原創性理論」的角度進行「以古喻今」的文史研究，意在「多體裁進行」的同時並建構起「民族性」的文學體系。

---

[1] 〈民族主義文藝運動宣言〉，載於《前鋒週報》，第2、第3期，1930年6月29日、7月6日。

可以看到，「民族主義文藝思潮」實際上強調的是「中西結合」的範式，旨在國難之際實現建構文化民族主義的理想。這既是對「後五四」近二十年文學實踐創作的反思，但值得注意的是，在這場浩浩蕩蕩的文藝運動中，幾乎所有的文藝形式都是曲高和寡的，不但少見一般民眾參與，其中一些艱澀的翻譯作品、空洞的理論評述與不知所云的現代派小說、詩歌，並不能讓當時大多數中國人所理解與接受，這使得它意圖所承擔的歷史責任，也大打折扣。

　　與此同時，在中國共產黨管理的「陝甘寧邊區」，也推發動了一場新的文藝運動──史稱「延安文藝」，客觀地說，它也以「民族主義」為開端，但卻以「民粹」的形式迎合了中國大多數民眾的群體心態與接受能力，澈底否定了「精英民族主義」的文化立場，並對未來中國文藝的生產與傳播產生了深遠且堅固的影響。

三

　　「延安文藝」作為從「左翼文學」衍變而來的「民粹民族主義」文藝思想，顯然與國民政府所推行的「民族主義文藝思潮」截然不同。前者是對民粹主義的發揚，其根本立場是民粹民族主義，並將「精英民族主義」澈底否定，而後者則是對開放性、世界性「五四」文化觀的繼承，其根本章化立場是精英民族主義。

　　不容否認的是，「延安文藝」在特定的歷史時刻曾發揮過較為重要的作用，並對後來中國文藝的建構產生了複雜、深遠的歷史影

響。但客觀地說，「延安文藝」在踐行民族主義這一文化理想的過程中，在如下兩個方面並不優於國民政府所推行「民族主義文藝思潮」，甚至還顯示出了自身的侷限性，進而使其在理論體系與作品品質上均有所不足，這也是導致其後走向「文藝政治化」的主要原因。

首先是體裁、內容上的差距。自上個世紀三十年代初至四十年代，國民政府所推行的「民族主義文藝思潮」，參與的文學體裁之廣泛、內容全面，當時幾乎無出其右。無論是小說、散文、翻譯、詩歌、劇作、戲曲還是理論評論，都有涉及，並有一定的創作成就。尤其是小說創作，譬如黃震遐的《隴海線上》、《黃人之血》（1930年）、李輝英的《最後一課》（1932年）、《萬寶山》（1933年）、張天翼的《齒輪》（1932年）與林箐的《義勇軍》（1933年）等等，其後如蕭軍《八月的鄉村》（1935年），蕭紅《生死場》（1935年），周貽白《蘇武牧羊》（1938年）等作品，則開後期民族主義文藝運動之先河——其中蕭紅、蕭軍的作品，也被視作「延安文藝」的早期重要作品。

至於其他體裁「民族主義文藝思潮」也多有建樹，如楊昌溪的翻譯、洪深的劇作、趙景深的散文、周揚的理論評論與周貽白的古裝戲曲等等，都為當時文壇之領軍，尤其是「《黃鐘》派」的散文創作、「《現代文學評論》派」的外國文學研究，亦都雲集了當時較為優秀的一批文學實踐者，從這點來看，「延安文藝」顯然存在著不足。

「延安文藝」源於上個世紀三十年代的「左翼文學」，因「民族主義」思潮的演進而逐漸形成，在1943年的〈延安文藝座談會上的講話〉上到達發展頂峰。若論「延安文藝」之淵藪，當是「民族主義」為之提供原初動力，譬如陳伯達早在1938年就曾代表「陝甘寧邊區文化界救亡協會」宣稱「近代中國文化運動，本來是和救國運動不可分開的，文化運動是救國運動在意識上的表現，而文化運動最優秀的先驅者，市場就是救國運動中最具忠肝熱血的先驅者。」[1]但在「延安文藝」的中後期階段（尤其是「延安整風」之後），「民族主義」卻受到了「階級鬥爭」的壓制與忽略。

期間雖然也有不少詩歌、小說、散文、報告文學、理論批評與曲藝等作品問世。但總地來看，仍以《王貴與李香香》、《白毛女》、《太陽照在桑乾河上》與《暴風驟雨》等通俗文學作品為主。且不說總量遠遠不如「民族主義文藝思潮」的作品，從品質上說，其中大部分作品多半迎合陝北地區這一特定地域的民眾需求與當時的政治需要，甚至部分作品在宣傳抗日的同時，盲目追逐民粹、刻意為「解放區」的優勢做廣告，強調階級鬥爭學說。從體裁上看，「延安文藝」主要熱衷於「萌芽狀態的文藝」（壁報、壁畫、民歌、民間故事等）。[2]其中縱然有少量的外國文學譯介、研

---

[1] 陳伯達：〈我們目前關於文化運動的意見〉，載於《解放》，第39期，1938年5月21日。

[2] 〈在延安文藝座談會上講話的簡介〉，載於《新華日報》，1944年1月1日第6版。

究，也基本為艾思奇、周揚等人翻譯的蘇聯作品。

衡量一個時代、一個區域的文學狀況，首先要看其作品是否具備文學性，其次要看是否符合時代精神。[1]因此，國民政府推行的「民族主義文化運動」雖然備受後世訛病與批判，但是我們仍然無法忽視其文學價值，也無法否認其在抗戰時期的文化意義。但「延安文藝」的作品則有相當一部分可以看做是發動民粹的「宣傳品」，在形態上近似於現代文學初創期的一些口號詩、街頭獨幕劇。事實上，自「五四」以來，中國文學家們在「民族化」的文學道路上，已經邁出了較大的一步，其後的文學家理應沿著這個方向繼續前進，引導中國文學積極參與「世界性」的大格局，而不是將迎合、發動民粹甚至將政治宣傳放在第一位，使應有的文學追求退居其次。

其次，「延安文藝」與「民族主義文藝思潮」對於「民族性」的理解也不同，因此，「文學」在兩種不同的「民族主義」中所扮演的角色也不同，這兩者對於「民族主義」的文化訴求也不一樣。

「民族主義文藝思潮」於上個世紀三十年代初登上歷史舞臺，在1935年的「本位文化建設運動」之後逐漸成熟，而「延安文藝」則肇始於1935年，成熟於上個世紀四十年代初。按道理說，後者與「抗戰八年」相伴更長，更應對民族主義有著深刻的把握與瞭解。但事實上，由於過分強調文藝的政治作用，使得「延安文藝」中關

---

[1] [美]海頓・懷特（Hayden White）：《形式的內容：敘事話語與歷史再現》，臺北：文津出版社，2005年，頁72。

於民族救亡、具備世界眼光的作品卻相對較少，遠遠不如弘揚「階級鬥爭」的文本多泛。

　　「民族主義文藝思潮」的主要參與者，多半是有過海外生活經驗的留學生，兼有很好的國學功底，因此他們能夠深刻地理解當時中國在世界上積貧積弱的地位，會在「小國文學」中積極尋求出路，並以古裝戲曲、歷史小說為創作來源，挖掘傳統文化中影響深遠、宣傳民族大義的題材，加以加工，形成「精英民族主義」的文化成果，這恰是對帶有「中國元素」的文學形態的發揚與保留。

　　與「精英民族主義」相比，「民粹民族主義」在文化立場上的最大的特點就是拒絕「國際化」、抗拒融入「世界性」的文化格局，並且時刻強調以打破「民粹」所屬的階級為主要任務。事實證明，「延安文藝」的主要參與者都是被打上「烙印」的「革命幹部」。在他們看來，「民族性」遠遠不如「階級性」意義重大，因此，「延安文藝」以「民族主義」開端，以「黨的文藝」收尾。

　　儘管「延安文藝」也提出了文藝創作的主張，即創作出「中國風格中國氣派」的作品，對於這一「風格」與「氣派」的定義，也體現出了「延安文藝」與生俱來的民粹特質，「每一個民族，都有自己的氣派。這是由那民族的特殊經濟、地理、人種、文化傳統造成的。最濃厚的中國氣派，正被保留、發展在中國多數的老百姓中。」[1]「延安文藝」不但迎合民粹，而且積極挖掘民間創作者，

---

[1]　柯仲平：〈介紹《查路條》並論創造新的民族歌劇〉，載於《文藝突擊》，第1卷第2期，1939年6月25日。

如陝北秧歌、民間快板、上黨梆子與打油詩等各類民間文藝形式，都為「延安文藝」所發揚並獲得了中共官方的較高評價。但客觀地看，在當時的中國，絕大多數老百姓都是不識字的農民，其中少數城市產業工人，也屬於文盲與半文盲狀態，當這樣的群體面臨民族存亡時，文藝家理應創作出好的作品來引導、鼓舞民眾並努力提高他們的審美趣味，而不應本末倒置，讓民眾的需要來決定文藝家的創作方向。

而且，「民族性」是由一個民族的歷史決定的，因此一個民族的古代經典與傳統歷史必定比後來的普通民眾更具備保留、發展「民族風格氣派」的資格，但事實上，取材自古代經典與傳統歷史的作品在「延安文藝」中也比較罕見。縱然有少數一些戲曲，也是陝北民歌所改編，有的還屬於方言性的「新編戲曲」。至於其他許多作品，都是取材於陝甘寧邊區當時的故事而改編，如《白毛女》、《王貴與李香香》等等。因此從歷史的角度看，「延安文藝」的作品，更多地顯示出特定時代與地域的特色，而在民族性、歷史性的普遍性特點上仍然存在著一定欠缺。

四

兩條不同的「民族主義」不但催生了中國現代文學史，更形成了抗戰時期兩條不同的文學道路，且在抗戰之後各自分別發展。因此，「精英民族主義」與「民粹民族主義」共同地構成了中國現代

文學現代化發展的兩條主脈。但值得深思的是，無論是「民族主義文藝思潮」，還是「延安文藝」，都在日後的現代文學史研究中充滿了爭議。一方面，儘管「民族主義文藝思潮」創作出了較多的優秀成果並涉及多種體裁，但在全國範圍內，仍然沒有形成較大的影響，最終只能演變為知識份子、中產階級之間的精英對話；另一方面，雖然「延安文藝」起點不高、總體創作水準也不如「民族主義文藝運動」，而且最終還淪為政治的附庸，但卻能夠在短期內影響民眾、發動民粹。[1]竊以為，這兩種民族主義在文學上的進路，都各自存在著如下兩點值得深思的經驗與教訓。

首先，在中國文學現代化的進程中，儘管「民族主義」是前提，但平衡「精英」與「民粹」的關係，使得文學發揮其應有的傳播作用也非常重要。

歷史地看，中國文學今後在很長一段時間裏還將一直處於「文化民族主義」的建設階段。儘管「精英民族主義」更符合文學自身的發展規律，更能創造出文學價值高、題材範疇多、體裁涉及廣的作品，並且還可以「借古喻今」、「中體西用」地吸收古今中外的優秀文化成果，但精英式的文藝在中國畢竟影響力有限。所以，

---

[1] 蕭軍、趙樹理與周立波的作品，在延安曾多次出版，其中蕭軍的《八月的鄉村》多次再版總印數超過了兩萬冊，遠遠大於國統區、淪陷區一些抗戰文學作品的單冊印數。此外，歌舞劇《白毛女》1945年上演後迅速引起邊區轟動，甚至在國統區公演時都場場爆滿，受到國統區進步知識份子與媒體的高度贊揚。因此，「延安文藝」許多作品的影響遠遠要大於「民族主義文藝思潮」主要作品的影響，這是不爭的事實。

文學實踐者們既要有培育讀者閱讀能力的耐心，也要顧及到大多數讀者實際的閱讀水準，進而使得文學作品可以發揮其應有的傳播作用。因此從這點來看，「延安文藝」有著不可忽視的實踐經驗。

我們可以批評「延安文藝」在迎合、遷就讀者的閱讀能力（尤其是在文化水準較低的陝甘寧地區）的層面上所作出的妥協與讓步，但是也應該肯定其對於傳播方式、受眾分層等方面的有效把握。在承擔共同歷史責任的前提下，如何在「精英」與「民粹」之間獲得一種平衡，這是一個擺在文學實踐者面前的歷史性課題。

其次，中國文學必須要積極地參與「世界文學」的變革。實質上，「精英民族主義」所宣導的文學理想是符合文學自身進化的，儘管實施起來困難重重，但仍然有堅持的必要性。

「民族主義文藝」思潮，反映了一批具備世界眼光與較高知識水準的現代文學實踐者們於國難當頭之際在文學領域所做的具體實踐，這一實踐雖然不及「延安文藝」在短時期內的影響大、收效快，但卻有著自身特定的文學價值，尤其是帶有世界性眼光的譯介、創作與學術研究，顯示出他們努力將中國文學推向世界的文化理想。

「延安文藝」由於在日後陷入了「文藝從屬於政治」的窠臼，兼受制於陝甘寧地區的偏遠地域，因此在這方面明顯顯得欠缺。但從政治學的角度看，「民族性」的目的是「世界性」，在全球化的浪潮中尤其如此。「文化民族主義」必須要積極、主動地將「本國文學」推向世界，並在他國文學實踐中，尋求發展自身的經驗與教

訓，意圖使本國文學獲得世界文學的一席之地，這才是民族主義在文學中的最好體現。譬如「《現代文學評論》派」對於巴西、阿根廷等「小國文學」的研究、阿英、顧仲彝等人「故事新編」式的古裝戲曲，以及「《越風》作者群」的文史理論研究等等，都反映了一批有著西學背景的知識份子主動與世界接軌、推動本民族文藝發展的具體實踐。

綜上所述，儘管因為戰爭、政治等諸多因素，使得「民族主義文藝思潮」與「延安文藝」共同存在著自身的侷限性與不足，但是也不應該忽略其積極意義、歷史經驗與借鑒教訓。如何以「文化民族主義」的立場，積極主動地從傳統文化中提煉本民族精神資源，並採取原創性的理論方法來解決實際問題，這將是長期擺在中國文學實踐者面前的歷史任務，也是未來中國文學發展的必經之路。

「小國文學」與外國文學研究的「中國化」

一

　　歷史地看，外國文學在近現代中國的傳播，一般可分為兩個階段，前一階段起於第一次鴉片戰爭，屬於「西學東漸」浪潮的產物，此階段以「譯介」為主，旨在將西方現代文明傳入中國，起先為科技翻譯，其後逐漸才有了以林琴南、嚴復主導的文學文化類翻譯，「譯書」遂成為了未來近半個世紀外國文學在中國的主要傳播形式，「進入民國，翻譯西書仍是西學東漸的重要途徑。」[1]

　　但自「五四」以降，西方學術體制逐漸影響到中國學術研究，文學與社會的關係日趨受到了學界關注，一批負笈留洋的知識份子不再滿足於對於外來文本的「譯介」，而是意圖從「中國化」的角度，著手對這些域外文本生成的背景、原因及其規律進行探索，從而找尋到強國之所以為強、弱國緣何而弱的文化根源，外國文學研

---

[1]　方松華：《現代多元學術思潮》，上海：上海社會科學院出版社，2006年，頁71。

究「中國化」的呼聲，開始在文學研究界流傳。

　　真正首次提出「外國文學研究『中國化』」這一問題的，是鄭振鐸的《文學大綱》。此時已經是1927年。鄭振鐸在這套中國人自己編纂的世界文學史中高聲呼籲「介紹世界的文學」乃意在「創造中國的新文學，以謀求我們與人們全體的最高精神與情緒的流通。」並明確主張應該在外國文學研究的同時，不應忽視「本國主義」的立場。[1]他的呼籲很快得到了回應，就在《文學大綱》出版後四年，「外國文學研究『中國化』」開始呈現出了新的路數。

　　這一研究路數的具體表現就是：在研究「大國文學」時，同時對「小國文學」亦有較多的關注。隨著官方強調以民族救亡、國家強盛為核心主旨這一「民族主義」觀念的普及與「民族主義文藝運動」的興起，當時一批學者主動對弱小國家如巴西、匈牙利、阿根廷與土耳其等國文學的歷史與狀況進行爬梳與整理，力圖為中國擺脫積貧積弱的尋找出路，主要參與的研究者包括周揚、楊昌溪、葉靈鳳、趙景深等一批學者，他們活躍於《現代文學評論》雜誌上，並被冠名為「《現代文學評論》派」。筆者淺識，從研究譜系的角度看，這一批學者在此時的研究實踐已然構成了「外國文學研究『中國化』」的邏輯起點，並對當下的學界有著一定的借鑒意義。

---

[1]　鄭振鐸：《文學大綱》，第1卷，桂林：廣西師範大學出版社,2003年，頁14。

二

　　上述一批學者關於「小國文學」的文章主要發表在「民族主義文藝運動」的主力刊物《現代文學評論》雜誌上，本章所指的「《現代文學評論》派」即包括楊昌溪、汪倜然、趙景深、謝六逸與周揚等活躍於《現代文學評論》雜誌上的文學學者。

　　《現代文學評論》創刊於1931年上半年，此時正值「九・一八」事變與「一・二八」上海事變爆發之前，戰爭雖未至，但火藥味卻早未雨綢繆，被壓抑近百年的中華民族如何從積貧積弱中崛起？這一問題投射到官方意識形態中，便作為「民族主義」文化政策被廣為推廣。

　　我們必須要承認一點的是，《現代文學評論》並非中國最早進行「小國文學」譯介的期刊，在1930年之前，已有陳獨秀主編的《新青年》（1918年至1921年）系統推出的挪威、芬蘭等作家作品（如《易卜生專號》）與茅盾主編的《小說月報・被損害的民族文學號》（1921年10月，第12卷第10號）這兩期──但這兩期對於「小國文學」只是「以譯為主」，明顯「『中國化』研究」不足。譬如在《小說月報・被損害的民族文學號》中，除了茅盾的〈新猶太文學概觀〉一文為原創之外，其餘文章皆為譯文，因此，上述兩類「專號」並無法構成外國文學研究「中國化」的邏輯起點。

　　創刊並停刊於1931年的《現代文學評論》由國民黨中央宣傳部

資助、《民國日報》主筆李贊華主編，因此也有了明顯的官方背景。該刊刊登了大量的小說、散文、隨筆與文藝批評論稿，關於「外國文學」尤其是「小國文學」的研究並不占該刊內容的主潮，但所發文章之分量與代表性卻不可小覷，它不但反映了早期中國學者在外國文學研究領域的實踐，更構成了外國研究「中國化」的邏輯起點。

總共五期的《現代文學評論》，每一期都有外國文學研究論稿，一共三十二篇，其中還包括楊昌溪的專欄《現代世界文壇逸話》與汪倜然的專欄《現代世界文壇新話（訊）》，小國文學專題研究論稿（如對荷蘭、丹麥、匈牙利、土耳其、挪威、阿根廷、巴西等等）有十篇，[1]占到了31.25％，關於大國文學（德國、法國、美國、英國）等作家作品的，有八篇，占到了25％，其餘屬於總述性的論稿，占到了43.75％。由此可知，在當時的一批有代表性的學者看來，「小國文學」比「大國文學」確實要重要一些。

縱觀這些文章及其主要內容，筆者認為，以《現代文學評論》作者群為主力的「小國文學」研究，有如下兩個較為明顯、重要的特徵。

首先是對「民族獨立」這一重要問題的探求。隨著上世紀初各殖民地國家獨立建國運動的興起，研究者對巴西、匈牙利、土耳其與阿根廷四國獨立建國時文學狀況也進行了較為細緻的審理，意圖

---

[1] 其中僅有趙景深的〈現代荷蘭文學〉與〈匈牙利大詩人裴都菲〉為譯作之外，其餘作品皆為中國學者原創，這在當時亦十分難得。

為當時的中國尋求一條「文學救國」之路。

在楊昌溪的〈匈牙利文學之今昔〉中，開篇是這樣一段話：

> 歐洲的機器工業勃興，在經濟和政治上都促成了弱小民族的獨立運命。因此，每一個弱小民族賴以維繫民族精神的小說、戲劇、詩歌、民間故事等都伴隨著民族獨立運動而興起了。[1]

這段話不但適合對匈牙利文學的描述，同樣適合對當時中國文學的期許，在楊昌溪的另一篇〈土耳其新文學概論〉中，對於土耳其「新文學革命」這一歷史性課題亦有著相似的見解：

> 假如不是有了新土耳其的建立和文字的革命，土耳其文學永遠沒有發揚的一日呢。在革命未成功以前的土耳其，不但政治和經濟是受了帝國主義的壓迫，即是在文字上，除了艱深的亞拉伯文之外，還加上了帝國主義者作為文學侵略工具的教會學校所施行的教育中對於撲滅土耳其文字的陰謀。[2]

---

[1] 楊昌溪：〈匈牙利文學之今昔〉，載於《現代文學評論》，第1卷第1期，1931年4月10日。

[2] 楊昌溪：〈土耳其新文學概論〉，載於《現代文學評論》，第1卷第2期，1931年5月10日。

對於阿根廷文學，楊昌溪也有近似的看法：

從那時一直到一九零零年，阿廷根（原文如此，應為阿根廷，筆者注）共和國都是孜孜於從貧困到富有的過程上加以努力，把人們底心固定在物質的建設上，而並不能給與文學的產品上以幸福。不過，現在有一個美好的願望，另一個黃金時代正在進行，而這個時代並不是從原有的黃金時代蛻嬗出來，而是在新的方面突越。[1]

除了楊昌溪之外，周揚、葉靈鳳等學者對於巴西、挪威等小國文學，亦採取類似的態度，認為小國之所以有令人樂觀的文學狀況，乃拜民族獨立所賜，若是無民族的獨立，那麼該國的文學狀況料必也不會好到哪裡去，這種論調當然有些泛政治化，但是從當時中國與時局來看，從「民族獨立」入手來研究「小國文學」，這無疑也是外國文學研究「中國化」的重要實踐。

其次，「《現代文學評論》派」所採取「去西方主義」的研究態度，既顯示出了「中國化」的研究路徑，更構成了「解殖」（discolonial）這一研究視野之先聲。

學界一般認為，「解殖」是發軔於上個世紀六十年代、由生活在西方的東方裔學者所發起並確定的一個文化學概念，該概念具

---

[1] 楊昌溪：〈阿根廷的近代文學〉，載於《現代文學評論》，第2卷第1-2期合刊，1931年8月20日。

體則源自於非裔學者法儂（Frantz Fanon）與巴裔學者薩義德（E. Said），豐富於印裔學者斯皮瓦克（G. Spivak），旨在探討「殖民地」這一歷史現象逐漸消失之後，殖民地地區文化結構所產生「後殖民性」的格局變化。但這一問題在「《現代文學評論》派」的「小國文學研究」，卻已獲得了相應的詮釋。

十九、二十世紀之交，恰是匈牙利、土耳其、阿根廷與巴西相繼擺脫殖民統治並獨立建國的時期，作為同時代的見證人，以周揚、楊昌溪等人為代表的中國學者，敏銳地發現了這些小國在擺脫宗主國的殖民統治之後，在文學、藝術等意識形態領域所表現出來的新問題，從這個角度來看，「《現代文學評論》派」的探索顯然難能可貴。

在此，筆者從「《現代文學評論》派」代表學者楊昌溪出發，來舉例說明對於「去殖」研究之嘗試，即楊昌溪對「去殖」之後的土耳其文學發展前景的展望。

儘管土耳其獨立較晚、但建國、發展卻較為成功順暢，因此成為了當時中國學者研究的對象，但除卻《現代文學評論》雜誌之外，一般只是對於土耳其建國方略的借鑒、研究。譬如法國南錫大學法學博士、中國駐土耳其使館秘書王善賞的〈土耳其民國十週國慶之感想〉，即集中反映了當時中國主流政治學界對土耳其國家獨立之後的關注。在文中，王善賞如是說：

　　近百年來，歐美人的眼中，嘗認遠東有一老大病夫——中

國;近東有一老大病夫——土耳其。把土耳其與中國比，我們自然不願，各人懷著「羞與為伍」之感了……甚至兩年之中，（我們）失地四省，國勢之危，過於往日。所以我們今日對於土耳其，已由「羞與為伍」的境界，一變為「自慚形穢」了。[1]

在「去西方主義」這一大背景下，如何從文學的角度對土耳其進行經驗的總結與借鑒，無疑顯得尤為重要。楊昌溪在論述土耳其的文學時，就發現了土耳其統治者在殖民時代對於「波斯化」與「亞拉伯（今譯阿拉伯）化」文學的廢除，這直接導致了土耳其本土文學的衰落，而且，土耳其在蘇聯的幫助下獲得民族獨立之後，在文化上也有了覺醒，因此拒絕了蘇聯文化的滲透，進而保全、發展了自身民族文學的個性、但土耳其確實又因為殖民時間過長，導致了自身民族文化的遺忘與缺失。藉此，楊昌溪敏銳地發現了土耳其在「去殖民化」重構民族文化的路徑，「由民間文學探尋出土耳其民族所呈現的個性」、「土耳其文學的曙光，便可以由民間文學而燥發了。」[2]

因此，「《現代文學評論》派」的「小國文學研究」在形式、內容上都構成了外國文學研究「中國化」的邏輯起點，儘管因為抗

---

[1] 　王善賞：〈土耳其民國十週國慶之感想〉，載於《河南大學學報》，1934年3月

[2] 　同上

日戰爭與政治鬥爭的中斷，使得「小國文學研究」並未持久地在中國產生應有的學術影響，但歷史地看，它作為一種研究體系，對於當下外國文學界依然有著重要的借鑒意義，筆者將在後文予以詳述。

三

「《現代文學評論》派」立足「小國文學」研究，在抗戰前期集中刊發了一批有一定代表性的論稿，這樣的研究是空前的，雖對後世中國外國文學研究「中國化」未能產生深遠的影響，但趙景深、周揚等一批崛起於「《現代文學評論》派」的學者，在日後中國外國文學研究中仍扮演了重要的角色。

值得注意的是，「小國文學研究」雖是外國文學研究「中國化」的邏輯起點，但它同時也是官方所推行的「民族文藝運動」的衍生物。因此「小國文學」研究在其後很長一段時間裏（尤其是1949年之後），受到了中國大陸研究界的冷遇與遺忘。

「民族文藝運動」因為站在「共紓國難」的時代高度，反對「左翼文藝」的「階級性」，因而長期以來被中國大陸的理論家們冠以「法西斯文藝」這一惡名。但隨著文學史研究的去意識形態化，「民族文藝運動」在近些年裏也逐漸受到了學界日趨公允的評價。在這樣的學術研究視域下重新鉤沉、討論「小國文學」這一研究範式，顯然有著更為積極的歷史意義。

當然，除了主觀的政治原因之外，造成「小國文學研究」失蹤於現代學界的還有客觀的歷史原因。上個世紀三十年代迄今已有八十餘年，「《現代文學評論》派」的主要成員如周揚、汪倜然、楊昌溪等人早已逝世，而《現代文學評論》等代表刊物也早已因為戰亂與政治運動而散佚，據筆者統計，現在學界目前無一篇專題論文或一部學術專著論及「《現代文學評論》派」的「小國文學研究」。

　　本章竊以為，作為外國文學研究「中國化」邏輯起點的「小國文學研究」，在當下有著「方法論」與「研究立場」雙重可資借鑒的學術價值。尤其是近些年「小國文學」逐漸成為世界文學研究的熱門，重新審理上個世紀三十年代中國學界的「小國文學研究」，不但可以對當下的外國文學研究提供新的研究對象，並可以在研究立場上有著重要的啟示意義。

　　隨著特立尼達和多巴哥作家奈保爾（V. S. Naipaul）、匈牙利作家凱爾泰斯（Kertész Imre）、南非作家庫切（J. M. Coetzee）、祕魯作家略薩（Mario Vargas Llosa）和瑞典詩人特蘭斯特羅默（Tomas Tranströmer）在近十年來因為獲得諾貝爾文學獎而走紅世界文壇，中國學界對於「小國文學」的研究又重新被提上日程。「小國文學」並非因為文化藝術喪失其優越性，相反，越是小國越能產生世界級的大文豪與偉大作品這一現象，亦逐漸為世界文學研究界所公認。進入到本世紀以來，中國外國文學、比較文學界也開始將目光從美國、法國、俄羅斯、英國、德國與日本轉移到荷蘭、

祕魯、印度等國家,《世界文學》雜誌也辟出了「荷蘭文學」的專輯,《當代外國文學》與《外國文學研究》雜誌亦在不同的層面上對挪威、印度、阿拉伯、印第安文學進行了集中的探討與筆談,由此可知,「小國文學」的狀況與前景已日趨成為中國學界的重點關注的對象。

我們可以將這一概念延伸,除卻立足一些具體的國家之外,研究者還可以關注於作家身分——譬如來自於少數族群、擁有小國國籍或是利用少數語言進行寫作的一些作家,進而考察他們在全球化文本閱讀視域下的寫作及其文本傳播的形式等等,這實質上都可以構成對於華裔作家、華語文本在當下存在狀況的深一步反思。或者超越文本研究的範式,採取口述史、田野調查、民族志等方式對某國少數族裔作家的寫作進行譜系性的研究,並將少數民族文學研究的方法論、指導思想與外國文學研究相結合,嘗試著提煉、總結出「中國學派」的比較文學研究理論。這些都是對於「小國文學研究」的精神繼承。

重視「小國文學」是作為研究對象的一方面,另一方面就是研究立場。畢竟當下學界對於「小國文學」的研究,主要還是採取西方主流學界的前沿方法論,如風景詩學、解殖批評、散居族裔理論等等,但從「《現代文學評論》派」的相關研究我們發現,對於「小國文學」的研究,應該立足本國、回答本國問題,進行「中國化」的比較研究。

這裏所謂「小國文學」,乃是借鑒上個世紀三十年代的學界

術語，而今看來，所謂小國（minor powers），其實不外乎為地盤小、人口少或在世界影響力小的國家，而不是單純意義上的「袖珍國」（toparchy）。「小國」絕大多數為發展中或不發達國家，極少數如韓國、捷克等國躋身發達國家，而當下的中國正處於從不發展中國家向初步發達國家逐步發展的重要歷史階段。因此，以「中國化」的比較視角研究「小國文學」，既是對前輩學者在這一問題上進行深入研究的代際賡續，也是在研究立場上所開闢的新視域。

這一切正如昂利・拜爾（Henri Peyre）所總結的那樣，「文學研究歸根結底是意識形態研究，任何優秀的研究形式都是超越文學本身，直抵人類思想深處的研究。」[1]結合上文所述，就「小國文學研究」這一問題而言，筆者認為有如下兩點「中國化」的研究立場可資當下學界借鑒。

首先，是橫向的研究立場，即對「小國文學」乃至外國文學的研究一定要結合中國的實際問題，從具體的國情入手，對他國文學的狀況進行「在地性」的理論探索。

外國文學研究歸根結底是比較文學研究，如何在比較的過程中收穫到可以為本國所用的理論、文化資源，是每一個研究者都無法迴避的現實問題。隨著世界資本的解域化流動，世界文學變成了庫瑪（Amitava Kumar）所言的「世界銀行文學」，因此，作為比較文學研究的世界文學，既是平行比較，更有影響比較的成分，如何

---

[1] Henri Peyre：*What Is Symbolism*，Tuscaloosa: University of Alabama Press，2010年，頁14。

探索作為東方國家的中國，其文學體系在世界文學格局中所扮演的角色問題，也是「小國文學研究」所賦予當下研究立場的一個啟示。

其次，是縱向的研究立場，即在研究的過程中，不必盲目依附於前沿理論與舶來方法，而是根據研究的具體情況、策略與方式，開創出世界文學研究的「中國學派」。

「《現代文學評論》派」之所以能夠憑藉「小國文學」研究成為外國文學研究「中國化」之邏輯起點，除卻其積極與中國社會現實相結合之外，另一個很大的原因就是自尋視角、自創學派，讓世界文學研究有了中國人自己的聲音。

譬如在對加拿大文學的研究中，作者汪倜然以加籍荷裔女作家奧斯丹蘇（Martha Ostenso）的小說《地下的泉水》為對象，從「新一代青年人反抗舊禮法」這一「中國化」視角入手，闡釋當代加拿大文學中的「青年人」形象問題，堪稱視角新穎，而周揚在〈巴西文學概觀〉中，結合中國的歷史現實，將巴西獨立建國前後的文學狀況做了詳細細緻的比較，認為只有民族獨立自決，文學才有發展的空間。凡此種種，其實都未依據某種具體的理論、概念來下判斷，而是從中國具體的國情出發，結合所研究「小國文學」的狀況，做出理論的總結與梳理。

筆者淺識，上述基於實證、實效的研究，才是外國文學研究應有的路數。當下外國文學研究作為一門規模健全的學科，理應在研究立場上積極地探尋建構「中國學派」的可能性，但是任何自成體

系的理論必須是建構在研究者所處的土壤之上的。因此，作為外國研究「中國化」之先聲的「《現代文學評論》派」的「小國文學」研究之於當下學界的啟迪意義，理應不應被後世所忽視。

古體詩詞與中國現代文學

　　近些年，越來越多的文學史研究者開始關注並討論這樣一個問題：古體詩詞是否該進入現代文學史？贊成者有之，反對者亦有之；贊成者舉例，認為毛澤東、柳亞子、郁達夫等人的詩詞創作，當是在「現代」時期完成的文學作品，且意境深遠，頗具審美意義，如此作品當列入文學史無疑；反對者則稱，古體詩詞並非是白話文寫作，在語言上違背了「五四精神」，且古體詩詞創作目前已經式微，「五四」後又未構成頗具歷史影響的流派、思潮。因此是不能入史的。

　　我們可以毫不懷疑地相信，如果用「非左即右」的眼光來決定「古體詩詞」是否「該」進入現代文學史，那麼論辯雙方都會舉出無數個理由來說服對方。當雙方都陷入畫地為牢的窠臼當中後，姑且不論這樣忽視問題起源的論辯是否有意義，僅從論辯的結果來看，必然會指向一條「公說公有理、婆說婆有理」的平行路。

　　但必須要釐清的是，任何學術爭鳴都不在於說服對方，而在於解決問題，或至少是掃清問題在接近真理途中的障礙。因此，在「古體詩詞是否該進入現代文學史」這個頗顯宏大的疑問之下，筆者暫將其「各個擊破」為三個小問題，就教於諸方家指正。

這三個小問題分別是：一，現代文學史的收錄是否就是經典的確立？二，我們應該如何審視近百年來的古體詩詞創作？三，面對浩如煙海的現代古體詩詞，我們該如何給其定位？

一

　　文學史的寫作，很大程度上受制於兩個方面，一是著史者的學術品格、思想水準，另一個是寫作時的特殊語境，兩者從主客觀雙方面共同決定了文學史著作的眼光、包容度與學術視野，現代文學史也不例外。

　　而且，任何一種文本的寫作，還存在著一個繞不開的問題：傳播與接受。在一個印刷、資訊技術相對發達的時代，寫作的意義不再只是寫作本身，而包括了文本的傳播與接受過程。文學史的寫作並不同於一般文學作品或人文社科普及型讀本的寫作，它所針對的受眾，是高校與科研院所相關專業研究、學習人員，而不是一般性的讀者。關於這個問題，有學者提出了類似的觀點，認為現代文學學科史，所梳理的主要也是專業形態的文學接受，因此不太可能顧及同時態的「一般讀者」的反映。[1]

　　基於上述理由，我們可以獲悉，文學史的寫作斷然不能「投其

---

[1]　溫儒敏：〈作為文學史寫作資源的「作家論」──「現代文學學科史」研究隨筆之一〉，載於《北京大學學報（哲社版）》，總第42卷第2期，2005年3月。

所好」，受制於時代特殊語境當然是不得已的客觀原因，但從自身的學術品格與思想水準這個角度來講，必須還包括一個「著史」的標準性問題。即：一部文學史，究竟應該包含什麼內容？

長期以來，對現代文學史寫作的研究一直是學界的熱門。從上世紀八十年代至今，被兩度提起的「重寫文學史」儘管聲勢浩大、成果浩繁，但爭論的核心依然是著史者的觀點、著史的方法而非所著之文學史的內容。因此，三十多年來，現代文學史不包含古體詩詞，彷彿大家早已司空見慣。

這個道理仔細分析則很簡單。中國現代文學史的邏輯起點為「五四」新文化運動，而「新文化運動」主要三個特點為語言的白話、思想的西化與創作精神的自我化，即對於先前傳統文學體制中正統、法統與道統精神的三重拆解，尤其是「白話文」乃「新文學」與「舊文學」之最大差異。譬如對於「五四」時期仍然堅持進行古體詩詞創作的陳三立等人，胡適曾進行過尖銳的諷刺，批其「即令神似古人，亦不過為故宮博物院添幾許『逼真贗鼎』而已」，甚至武斷地認為其作品「皆無文學價值」。[1]

胡適抨擊陳三立的另外一段話筆者抄錄在此，以佐證當時「新文化運動家」們對於「古體詩詞」厭惡之地步：

> 其病根所在，在於以「半歲禿千毫」之工夫做古人的鈔胥奴

---

[1] 胡適：〈文學改良芻議〉，見於徐中玉主編：《中國近代文學大系・文學理論集一》，上海：上海書店出版社，1994年，頁331。

碑，故有「此老仰彌高」之歎。若能灑脫此種奴性，不做古
人的詩，而惟作我自己的詩，則決不致如此失敗矣。[1]

　　在新文學運動之後不久的1920年，清華大學曾以校方的名義推
行過一段時間的古體詩詞，但遭到另一位「新文化運動家」聞一多
猛批，他立即在《清華週刊》上撰文〈敬告落伍的詩家〉予以駁
斥，非常肯定地宣稱：「若要真做詩，只有新詩這條路走」、「若
要知道舊詩怎樣做不得，要做詩，定要做新詩。」[2]

　　還有一個不該忽略的史實是，第一批新文學史研究者如胡適、
聞一多、陳子展、蘇雪林等人，公推新文學運動的濫觴乃是黃遵
憲、龔自珍等人的「詩界革命」運動，「詩界革命」的口號是「我
手寫我口，古豈能拘牽？」這十個字基本上也反映了上述「新文化
運動」的三個主要特點，算得上是「新文化運動」的先聲。

　　而且，胡適本人第一部「新文學史」作品即冠名為《白話文學
史》。因此，用文言文所寫作的「古體詩詞」顯然觸犯了「五四」
所規定的「白話」之硬性條件，遂被歷朝歷代新文學史的著述者逐
出被遴選範疇，久而久之，「新文學史」不關注詩詞歌賦成為了一
個約定俗成的道理，便由於此。

---

[1]　同上，頁332。
[2]　聞一多：《聞一多論新詩》，武漢：武漢大學出版社，1985年，頁2。

二

　　詩歌是世界上最古老、最基本的文學形式，中國是詩的國度，中華民族是詩的民族，千百年來，詩作為一種最常見的文學形式，早已融入中國人的日常生活的血脈當中，上至三公九卿，下達販夫走卒，試問誰人不知李白杜甫？

　　任何民族都有著自身的文化表達習俗、閱讀習慣與審美風格，正如雅利安人的吟唱、日爾曼人的民謠與美國辛辛那提土著的鄉村搖滾一樣，不論婚喪嫁娶、戰亂和平，詩歌成為了中國人習以為常並廣泛接受的感情表達形式。在中國人的生活中，詩歌無所不在，早已滲透入衣食住行的每一個角落。先知詩而後知文，亦是中國傳統文化的主要特點。文學叫「詩學」、文藝叫「詩藝」、文學評論叫「詩話」、文藝的教育功能稱之為「詩教」，甚至中國對於傳統文人士大夫的情趣尺規的要求也是「詩書酒劍」四項，這種審美傳統，我們無法也不必割裂。自《詩經》以降，中國的「詩文化」迄今已綿延兩千餘載，「五四」新文化運動，至今尚九十餘年，以區區不足百年抗衡於兩千餘載，豈非須臾間較之一刻？

　　而且，「五四」以來，古體詩詞不但深受政黨領袖、國家元首的喜愛，更受知識份子、社會賢達的推崇，而且在平民百姓中亦曾有過龐大的接受市場。胡適等一批「新文化運動」家對古體詩詞的顛覆、批判始終不能降低它在中國人心中的地位。因此，任何評論

家都可以將古體詩詞驅逐出現代文學史，但卻無法將其從中國人的日常生活中抹殺。

那麼，我們可以回答第一個問題了：現代文學史的收錄，是否就是經典的確立？

就目前所見世界各地所編寫的各種中國現代文學史而言，林林總總約有千餘種，但其包含的內容，不外乎四個門類——作家、作品、文學思潮、文學事件。但只要沿著「五四」新文化運動這條路子寫下來所涉及的上述四個門類，勢必是「新文學」的路子，即符合上述「五四」的三個標準，古體詩詞、用少數民族語言所撰寫的文學作品（如彝文詩歌、蒙古語長調）等等，則成為了研究者的「盲區」了。

中國現代文學史千本千樣，但其共同點之一就是忽視了古體詩詞作品（當然也忽視了少數民族語言的文學作品），這是受「語言」這個核心命題所決定的。隨著近代語言學的興起，對於文學的衡量往往將「語言」作為第一標準。因此，現代文學史一方面要恪守「五四」的主流文學史觀即遵循「白話文學史」的準則（在這裏白話被定義為英文的mandarin，即現代漢語的官話），另一方面，作為寫給專業人士閱讀的文學史著本，必然要考慮到接受者的感受，其中相當一部分「中國現代文學史」著本乃是各大學中文系的教材、讀本，按照全世界編寫教材的通例：有爭議的內容不入教材。既然從「五四」至今都遵循「現代文學」即「白話文學」這個習以為常的準則，那麼後來的研究者便不會再去破壞、顛覆了。

因此我們可以看到，現代文學史所研究的對象，基本上是「白話文語境」下的作家、作品、思潮與事件等元素，所涉及、收錄的內容，亦是較少有爭議的白話文小說、散文、劇作與新詩。文學史的選錄乃遵循「無爭議化」而非純粹的「經典化」。但須知人類的進化向來是充滿波折的，將爭議降到最小並非意味等同於經典，往往在一個時代飽含爭議的作品往往卻是下個歷史時段的圭臬之作，文學史家只是特定時代文學狀況的總結者，並非卓越的預言家，古往今來，都不例外。

三

上述言論，並非為證明古體詩詞之經典，文學史著本如何平庸。經典與平庸均相對存在於任何一個龐大的集合當中，古體詩詞與文學史著本也不能倖免。上論的意圖在於：文學史尤其是現代文學史，絕非「無所不包」之大雜燴，它有著自身嚴格的選定標準與寫作體例，但這並不意味這些標準、體例與經典的遴選是一致的單聲部。

說完了文學史，那麼我們又該如何去認識現代古體詩詞的創作呢？筆者淺見，我們可以試著作三個方面的探討，這樣就會對這一問題有著更為全面的把握，並能有助於回答本章提出的第二個問題。

首先，現代古體詩詞的創作，說到底是一種語言的「緩衝」，是一種語言形式向另一種語言形式的過渡，其大趨勢依然是式微的。

這不難理解，前文筆者已經論述過，中國的古體詩歌，迄今已經有兩千多年的歷史，從四言、五言到七言，從短詩、律詩再到詞曲，其中綿延過渡，全憑文言文的進化。「新文化運動」割裂了文言文與白話文的關係，引入了歐化的語法系統，這種語言形式迄今不過才不足九十年。

語言學家早就說過，語言是「習得」的，而不是「學習」的，一種語言的產生與發展，與該民族的生存環境、飲食習慣、身體結構、文化歷史有著密切的聯繫。史實也證明了，中國古代雖然有不斷進化的口頭語言，且元、清等少數民族政權不斷向漢族地區推行少數民族文字，但作為書面語言的漢語文言文仍是中華民族在農業社會中所孕育出的經久不衰的傳統語言。

以西式語法為核心的白話文產生後，曾與羅馬拼音、西式標點等一道，在1949年前後都受到了官方推崇，這是文化全球化的產物，是西方語法系統向東方擴張的結果。但傳統的語言是不會因為一種新語言的產生而迅速消亡的。時至今日，在中國人的日常生活、書面語言中，仍然可見文言文的痕跡，如「之」、「勿」、「者」、「何」等文言辭彙的廣泛使用，也顯示出了文言文強大的生命力；在中國中小學生的語文課程教育中，對於古典詩、詞、曲、文選入課文的比重又日漸增加。因此，從「五四」至今，社會各界賢達、三教九流熱衷作詩填詞以抒胸臆，早已成為一種日常生活中的文化常態。

但是我們必須還要看到一個趨勢：從「五四」至今，懂得平

仄、講求韻律的詩作越來越少,古體詩詞不再如唐詩宋詞般引經據典,這也是敝文的一個論證。透過近百年來古體詩詞的創作趨勢,我們可以覺察到文言文正在逐步退讓、式微,因為當下中國已經不再為文言文的保留、發展提供空間與環境,現在我們看到的古體詩詞創作,只是一種語言退出歷史舞臺之前的緩衝、慣性,是「文白交接」的過渡而已。

其次,當下古體詩詞的創作,其內涵基本上是「現代性」的,是與時代的發展息息相關的,形式雖然傳統,但內容卻新,這為古體詩詞逐步退出歷史舞臺不自覺地提供了動力。

近百年中國社會之多變,超越了中國歷史上任何一個百年,從君主立憲到五族共和,從國民政府到中共執政,改朝換代、山河易幟,期間的戰亂、內亂、政治鬥爭層出不窮如走馬燈。正所謂「國家不幸詩家幸」,國家、社會的巨大變革恰為文學家們提供了優質的文化土壤,且不說白話文的作品爭奇鬥豔、各領風騷,古體詩詞的創作也體現出了與時俱進、切中時局的特徵。

可以這樣說,近百年來任何一個歷史的關鍵時刻,「古體詩詞」都積極地發揮其文學社會意義,這是其內容上的一大特徵。如辛亥革命時孫中山挽劉道一的「塞上秋風嘶戰馬,神州落日泣哀鴻。幾時痛飲黃龍酒,橫攬江流一奠公」、抗戰軍興時古典文學專家唐圭璋的「佇望三軍,掃蕩腥跡。會有日萬眾騰歡,相伴還京邑」、重慶談判時毛澤東先生的「數古今風流人物,還看今朝」以及陳立夫先生晚年的佳句「況是楚江鴻到後,敢辭雙鬢雪呈花」等

等，凡此種種，不勝枚舉，上述古體詩詞，堪稱百年中國歷史的縮影。

但「舊瓶裝新酒」始終不能算是一種符合文學健康發展的利好趨勢，正所謂一朝有一朝之文學，古體詩詞對於平仄、韻律的要求甚至苛求，使得當下的寫作者與閱讀者不自覺地向新詩、小說與白話散文靠近。誠然，古體詩詞雖然深入中國人之日常生活的血脈，並形成了深厚的接受基礎，但當下的語境顯然不能與唐宋時詩詞的鼎盛時期相比，我們既要看到古體詩詞富有生命力的一面，亦要覺察到它逐步退出歷史舞臺、與新生的文體相合併的歷史趨勢。

最後，我們必須還要注意到一點的是，從傳播學的角度看，從古到今，古體詩詞的集子都是「家刻」（或曰私刻）的「半公開印刷品」。晚清之前尚無現代化的商業出版模式，「私刻、官刻、坊刻」並舉尚無可厚非，但自近代以降，古體詩詞集仍普遍採取「私刻」的形式，始終無法進入現代出版業，這在很大程度上束縛了其被選入文學史的可能性。[1]

尤其是現代史中的詩詞作品，除卻領袖詩詞、政治詩抄之外，基本上知名的詩詞集如張伯駒的《紅毹記夢詩注》、鄭孝胥的《海藏樓詩》、吳宓的《詩集》等等，其首印均為「私刻」，成為了文

---

[1] 瑞典皇家人文、歷史與考古學院院士張隆溪教授在讀完此文與筆者通信時亦認為，「舊體詩現在的確不是主流，而且寫的人也是為小圈子朋友們傳誦，而不是為了出版。另外，現代人寫舊體詩也越來越困難。」舊體詩詞在當代寫作界的尷尬處境，在很大程度上也束縛了其「入史」的可能。

人士子之間相互交流贈送的禮品。而且古體詩詞「私刻」之習俗影響至當下，大批退休官員、地方詩社、詩歌協會如「黃石西塞山詩社」、「廣東省潮州市政協潮州詩社」、遼寧省鞍山市老幹部的「長城詩社」等等，其主持編撰的詩集多半都是帶有「省內准印字」的「內部出版物」。

　　這樣的出版形式使得作為「人際交流」的古體詩詞集或尚有一定影響，若是想進入「大眾傳播」則幾乎難上加難。如此特殊的小眾傳播，大大束縛了古體詩詞進入文學史研究者的視野。諸多出版社如上海古籍出版社、黃山書社與嶽麓書社再版印刷的基本上是唐宋詩詞的經典之作，而現代古體詩詞作品的出版基本上都不涉獵。當然，從客觀上看與其缺乏市場有關，在「新文學運動」之後，登載古體詩詞作品的刊物已大幅度減少，不及辛亥革命至「五四」期間的五分之一。古體詩詞在「新文化運動」之後出版的期刊裏，處於逐漸式微的趨勢，有時淪為補白的地位，專門刊登古體詩詞的欄目在現代文學的期刊裏是越來越少。有些刊物開始的時候還以古體詩詞為主，但漸漸就改換成了以新文學為主了。[1]但是，我們亦不能忽視另外一個主觀原因——當代大量古體詩詞基本上都是直抒胸臆、唱酬友朋的「私人寫作」，而不是為了公開發表而撰寫的公共作品，在這樣的語境下，縱然有好作品，亦難被發現並將其予以評述。在大眾傳播、資訊高度發達的語境下，被湮沒就意味著被遺

---

[1]　尹奇嶺：〈民國時期舊體詩詞的刊印傳播〉，載於《出版科學》，2011年第2期，第19卷，頁107。

忘與淘汰，古體詩詞淪落至現代文學史家的視野之外，亦不足為奇了。

<h1 style="text-align:center">四</h1>

本章題的第二個問題目前基本上也有了答案：古體詩詞儘管深入民心、生命力旺盛，但仍然顯示出了走下坡路的式微趨勢，時代無論如何發展，都不會讓古體詩詞回到唐宋時的繁榮地步，後人評述我們這個時代的文學經典，只會以小說、散文與影視劇本為例，而不會再以古體詩詞為代表，它只能算是中國文體與語體在新時期的一個新舊交替的「過渡」。藉此，擺在研究者、讀者面前的，則是該論題的第三個問題：面對現代文學史中成千上萬首古體詩詞作品，我們該給予他們一個何樣的文學史地位？

作為研究者的我們，顯然不能忽視這樣一個龐大資訊庫的存在，也不能對〈沁園春·雪〉這樣的傳世名篇視若無物。毋庸置疑，給這樣一個獨特文學存在予以歷史定位是一件很困難的事情。拙認為，如果從歷史與現實兩重視角入手，或許可以稍微準確地接近這一問題的本質。

首先，從歷史的眼光看，「五四」非但割裂了中國文學史，更割裂了中國藝術史、哲學史、文化史甚至科技史，一切形而上的東西，都因為「五四」而呈現出了「傳統／現代」的兩面性。且不說中國現代文學史裏沒有古體詩詞；就連中國美術史裏也挪走了傳統

的篆刻、國畫與刺繡；京劇昆曲悄然匿身於中國戲劇史；傳統哲學亦不再成為中國現代哲學史裏關注的內容；甚至現代醫學史裏也不再收納中醫這個「老祖父」──但這並不意味著戲曲、傳統詩詞、刺繡與中醫就迅速走向消亡了，相反，它們在東西方世界同時都有著還算廣闊的接受空間。

這一切誠如美國哲學家霍米·巴巴（Homi K. Bhabha）所說：對於大多數被殖民的東方國家而言，「當代史」意味著揮別傳統的歷史。[1]自然，被侵略長達百年的中國亦不例外。那麼，這些門類史對傳統的揚棄，實際上反映了後殖民理論中的一個核心命題：我們如何該正視「傳統」（或「民族」）的藝術表達形式？

好在戲曲史、工藝美術史與醫學史的研究者們給予了文學史研究者們一個還不算壞的答案或啟發。儘管西醫、話劇（包含影視劇）與西方工藝美術的影響在不斷擴大，但從上世紀初至今，關於中國戲曲史、陶瓷藝術史、中醫史的著作依然也在不斷付梓出版，這些著作的立足點不再是被西化、歐化了的「現代中國」，而是傳統元素在現代語境下的艱難處境與歷史變遷。可惜目前中國大陸尚無一部《中國現代古體詩詞史》問世，倘若有這樣一部立足古體詩詞的現狀、客觀分析其前世今生的著作，我想，這應是對於本章所涉核心問題的最好答復──畢竟任何時代的史著都有「專門史」與「通史」之辨，這也為並非「無所不包」的現代文學史轉移了不必

---

[1]　Homi K. Bhabha：*Nation and narration*，London：Routledge，1990年，頁45。

要的、被置喙的表述空間。

其次，從現實的眼光看，正如前文所述，古體詩詞最終是要退出歷史舞臺的，但這種退出絕對不是如手榴彈爆炸一般的瞬間灰飛煙滅，而是一種融合、交流之後的新生，是一種「新文體」的鳳凰涅槃。

從「五四」至今，我們可以看到，在諸多「白話文」小說、散文中都已經開始出現了各種各樣的古體詩詞，甚至部分流行歌曲、影視劇的對白等等，亦開始引經據典，講求文字的雅馴與對偶。因此，我們完全有理由相信，在若干年以後，古體詩詞或許不會再以單行篇目的形式出現在公眾的視野中，而是化整為零予以「元素化」傳播。其押韻、用典、簡練等優良特徵逐漸會被其他文體的作家們所吸收，進而與自身所創作的文體相結合，創造出符合中國風格、中國氣派的「新文體」。

因此，研究者如果從古體詩詞在今後的「裂變」入手，客觀分析古體詩詞的發展變化趨勢，這或許對於古體詩詞在當下乃至今後的文學史地位之把握更有意義。前文已經說過，文學史的作者不是預言家，畢竟歷史是回顧性的總結，但文學研究者們如果可以跳出歷史的窠臼、擺脫總結性的桎梏，對古體詩詞的未來進行學理性的評述與展望，那麼我們就沒有理由懷疑充滿理性的預言之可靠。

都市文明與中國現代文化

　　「都市文明」是現代科學挾歐風美雨而來的一個重要產物，也是中國文化現代化進程的重要依託。可以這樣說，「都市文明」反映並見證了現代科學對中國社會的影響與衝擊，因此，都市文明是反觀現代科學影響中國文化現代化的一扇重要視窗。

　　學界公認，1900年代都市文明的興起與現代科學的初肇、傳播密不可分。但縱觀整個二十世紀，都市文明在中國一直處於線性的發展狀態。時至今日，都市文明仍然在為社會現代化的進程發揮著重要的作用。因此，審理現代科學、都市文明與文化現代性三者之間的關係，意義非常。

　　正如馬克思所言，「亞細亞的歷史是城市和鄉村無差別的統一」。[1]因此，在中國文化的現代化進程中，都市文明所扮演的角色不可忽略。它在很大程度上孕育了中國現代文化，但它自身又是科學技術、現代科學與科學精神傳播的結果，是對中國傳統農耕社會的顛覆。從宏大的角度來看，都市文明上承現代科學之浸潤，下啟中國現代文化之繁盛，其研究意義，顯然不能小覷。

---

[1]　[德]馬克思：《政治經濟學批判》，北京：人民出版社，1976年，頁56。

本節擬跳出具體時間的窠臼，從「都市文明」入手，試圖解讀它如何受現代科學之影響，以及在中國文化現代化進程中所扮演的角色。意在釐清三者之間的邏輯關係，對現代科學與中國文化的現代化進程關係研究，進而提出新的觀點。

一

　　現代科學的語境下，「都市文明」是一個相對而言較為複雜的概念，尤其是中國的都市文明因為政治制度、文化傳統的因素而更加複雜。因此學界對於中國「都市文明」的討論就始終存在，但卻未有一個明確的定義。

　　張愛玲曾如是評價以機械文明與商業文明為代表的都市文明：「現代文明無論有怎樣的缺點，我還是從心底裡喜歡它，因為它到底是我們自己的東西。[1]也有學者從費孝通的「陌生人倫理」出發，認為中國都市文明必須要打破傳統儒家的「熟人觀念」進入到「陌生人倫理」的社會中，這才是「都市文明」在中國的形成標誌。[2]而早在八十多年前，日本學者弓家七郎就曾結合東亞國家的社會發展得出過結論：都市的核心在於「社群」（community）而

---

[1]　胡蘭成：〈張愛玲與左派〉，見於靜思：《張愛玲與蘇青》，合肥：安徽，文藝出版社，1994年，頁160。

[2]　龔鵬程：〈都市文明建設特別需要發展陌生人倫理〉，見於胡惠林、陳昕、王方華：《中國都市文明研究‧第2卷》，上海：上海人民出版社，2009年，頁8。

不在於「社會」（society），進而認為「都市是文明的源泉」。[1]
種種說法結合到一起可以得出下述結論：都市文明是一種建構在工
業文明、機械文明、社會文明與商業文明之上的，完全有別於農耕
文明的現代性文明形態。從這個角度看，與都市文明與中國文化
的現代化進程有一個基本的共同點：以現代性的方式與傳統文化
割裂。

　　中國文化現代化進程最大的一個特點就是反傳統，這一點與都
市文明存在著共同點。只是中國文化在現代化進程中，所悖反的是
以儒家文化為代表的忠恕之道、孔孟之學，強調以西方的民主政
治、人文主義代之。而都市文明則是完全來自於西方、以街道、社
區為基礎的現代社會的文化表現，進而瓦解中國傳統社會的宗族觀
念與鄉村倫理。因此，兩者都是「西學東漸」語境下的產物。

　　值得一提的是，以「城市化」為核心的中國都市文明的進程，
還深層次地對傳統農業文化進行了顛覆。以中國為代表的東亞國
家，在封建時期均由完全的農業社會為主，而由於殖民入侵、開埠
通商而發生的現代城市化，則以侵食農村土地、瓦解宗族關係、改
變農村勞動力結構為手段。早期城市化進程的目的雖是滿足殖民者
對土地侵略與對物質的掠取，但也在客觀上推進了中國融入世界文
明的步伐，為中國文化的現代化進程打下了一定的物質基礎。

　　由是可知，「都市文明」與「中國文化的現代化進程」構成了

---

[1]　[日]弓家七郎：《都市問答》，上海：商務印書館，1926年，頁2-3。

共生的關係，兩者共同推進著中國社會思潮的現代化進程。但是從社會思潮的角度來看，兩者既有共生的一面，也有從屬的一面。畢竟中國文化在現代性的進程中含義逐漸廣闊，既包括文學、藝術，也包括哲學文化、政治文化與各種思潮，自然也與「都市文明」有著一定的從屬關係。

從共生關係的角度看，中國文化的現代化進程與都市文明一樣，因「西學東漸」特別是現代科學、科技文明的引入而勃發。建構在現代交通、建築、工業、機械與日常生活方式之上的都市文明，這些因素實際上也是開啟中國文化現代化的進程的重要動力。

以現代科學為主導的機械文明主導並推動了十九、二十世紀之交世界各國社會、政治與文化現代化的進程，中國也不例外。早在「洋務運動」時期，「西學為用」就逐漸拆解了「中學為體」原有的社會地位，一批啟蒙知識份子開始認識到了現代科學下機械文明與工業文化的重要意義，認為「孔孟之學」並不能改變中國社會的現狀，更無益於抗敵禦侮。在這樣的語境下，現代科學很快成為了中國啟蒙運動的主導。

這一切正如張灝所認為的那樣，「當時西方的思想和價值觀念首次從通商口岸大規模地向外擴展，為（十九世紀）九十年代中期在士紳文人中間發生的思想激蕩提供了決定性的推動力。」[1]早期

---

[1]　Hao Chang（張灝）：*Intellectual change and the reform movement*，載於 John K. Fairbank（費正清）、Kwang-Ching Liu（劉廣京）：*The Cambridge history of China. Volume II. Late Ch'ing. 1800-1911. Part 2*，New York：

全球化借助著現代科學的力量，為中國社會導入了新的生活、生產方式並為今後中國社會的變革蘊育了潛能。

因此，在現代科學的影響下，都市文明與中國文化的現代化進程共同推進中國社會走向現代性，這是不爭的事實，也是兩者共生的另一重歷史證據。正如弓家七郎所言，都市文明的元素是「社群」，這是對中國乃至東亞地區以家庭為社會元素的顛覆。在現代科學的引領下，在中國的沿海、沿江通商口岸中形成了以公寓街道、大眾媒介、廣場商店、學校影院與公共交通為載體的「公共倫理」，人與人之間相處逐步走向了「陌生人倫理」的交際範疇，原先依靠家庭、家族的人際交流逐步發展為從「個體」到「社會」的大眾傳播，在社會走向現代性的啟蒙發展，都市文明協力於中國文化的現代化進程，共同起到了重要的促進作用。

在共同推進中國社會走向現代性的層面上，都市文明與中國文化的現代化進程還存在著一個不謀而合的「合謀」，即催生了先進意識形態。都市文明不但帶來了先進的器物之學，也帶來了社會公約、法制規章與制度規範，推動整個社會朝著良性、有序的目標發展。而中國文化在現代化進程中所產生的現代戲劇、小說、電影與雜文等新興文化形式，恰為社會發展提供了精神上的動力。

不難看出，由現代科學所催生並推動的中國文化現代化進程與都市文明，兩者從屬於意識形態範疇，且都為早期全球化在中國的

Cambridge University Press，2006年，頁276。

特殊發展結果，在特定的歷史時期具備著共生性的關係，並共同發揮著為中國社會現代性變革助推的歷史作用，因此，兩者必然存在著推動相互共生發展的內在動力。

二

　　現代科學為中國文化現代化進程提供了物質基礎與傳播管道，改變了中國文化的生產方式、生產觀念與生產形態。同樣，它也為中國的都市文明提供了內在的動力與必備的前提，歐美國家通過對現代科學的輸入來推行其經濟、政治與文化等上層建築，進而使得中國融入全球化的語境當中。

　　在這個共生的過程中，都市文明與中國文化的現代化進程表現出了兩者密切的關聯性。以白話小說、攝影、新詩、電影、廣播、現代美術（包括工藝美術）、現代話劇為代表的中國現代文化，正是由都市文明所孕育並在這一土壤下獲得發展與繁榮，它們共同營造出了中國現代文化的主體結構與主要內容，成為中國文化「現代性」的重要標誌。

　　藉此筆者認為，從現代科學的角度看，都市文明與中國文化現代化進程存在著如下三重相互影響。一是在現代科學的主導下，都市文明為中國文化的現代化進程提供了發展的空間；二是現代科學促使日常生活呈現出審美化的特質，導致都市文明在中國文化的現代進程中獲得發展與完善；三是兩者共同豐富了現代科學的人文內

涵，使得現代科學得以在人文精神的層面來影響社會的大多數。

　　首先，在現代科學的主導下，都市文明為中國文化的現代化進程提供了發展的空間。按照城市文化學的概念，都市文明由兩部分組成，一部分是由建築、街道、商品、工業生產、公用設施與公寓等組成的物質文明，另一部分則是包括了法律、公約、制度、生活方式、藝術、文學等的精神文明。現代科學對於這兩部分產生了截然不同的影響，對於前者，現代科學主要發揮的是器物、技術層面的意義，而對於後者來說，現代科學的意義主要在於以一種社會思潮的方式介入，利用邏輯理性的思維特徵與實驗求證的研究方式來影響都市文明中精神文明的發展。

　　處於現代化進程中的中國現代文化，當然與現代科學也有著緊密的互動關係。當現代科學從器物、技術層面來促進都市文明的發展時，中國現代文化正是在這種動力下找到了自身的發展空間。譬如因為城市街區的出現，導致了電影院、現代戲院的落成，使得電影、話劇獲得了展演的機會，再譬如因為工業生產與工藝美術在二十世紀二、三十年代的繁榮，致使中國的出版界在當時曾空前興盛，雜誌、畫報的印刷品質與數量曾一度達到歷史的峰點。

　　因此，我們無法忽視都市文明給中國文化現代化進程帶來的另一重空間，即從思維特徵與研究方式的角度來帶給中國文化現代進程以內在動力。現代科學為都市文明的發展注入了活力，讓現代科學滲透到了日常生活方式當中，瓦解了先前保守的中國文化傳統，為中國文化的現代化進程提供了更為開闊、便捷的路徑。藉此不難

看出，在現代科學的主導下，都市文明為中國文化的現代化進程提供了寬闊的發展空間。

其次，隨著現代科學逐漸普及化、大眾化，中國文化在現代化進程開始出現民間化的「俗化」趨勢，而這恰與都市文明中的精神文明、消費文化有著密切的聯繫與交集。

鴉片戰爭以降，百業待興。隨著租界開埠、口岸通商等「洋務」的發展，以及受新式教育人群的不斷擴大，中國普羅大眾開始逐漸感受到了以「現代科學」為代表的「西學」之力量與意義。西醫、西裝、西餐、西文與西式學堂等「西字頭」的文化形態日益成為中國城市居民日常生活的重要選擇。隨著一批新興知識份子階層的誕生，是否「合乎科學」成為了當時許多人在衣食住行、求醫問診乃至日常消費時的前提。

因此從總體上看，中國文化現代化進程，實際上是現代文化不斷走向「俗化」的一個過程。中國現代化文化從晚清少數「睜眼看世界」先驅者的專利，到二十世紀三十年代十裡洋場家家戶戶的日常消費，這個不斷普及的「俗化」過程，很大一部分原因是因為現代科學的影響介入使然。

在現代科學助力的特殊語境下，中國文化現代化進程所帶來的成果，很容易成為都市文明的重要表現形式，其中最具代表性的現象就是圖像文化的出現。以攝影術、彩色石印術與電影技術為代表的圖像文化技術，催生了新聞攝影、雜誌畫報、廣告、月份牌與電影為代表的「摩登文化」，這既是中國文化現代化進程的標誌性成

果,也是都市文明的重要特徵。

圖像文化並非是兩者交集中的唯一個案,但卻是其中最具特點的研究對象。與圖像有關的一切技術都是舶來的「西化」技術與西方文化——無論是攝影術、彩色石印術還是電影技術,都非中國本土發明,而是來自於西方,而現代工藝美術、繁盛的城市街區與龐大的都市人群又為圖像文化的發展與繁榮提供了強大的動力。

「消費性」是圖像文化的主要特徵,因此圖像文化的經濟學本質是科學技術與都市文明所共同營造出的一種消費文化,這與都市文明中的消費性因素有著密切的類似之處。因此,作為中國文化現代化進程重要標誌的「圖像文化」,構成了崇尚消費性、受現代科學主導的都市文明的重要核心。關於「圖像」這一問題,筆者將在後文予以詳述。

最後,都市文明與中國文化的現代化進程也共同豐富了現代科學的人文內涵,使其變為一種重要的社會觀念,直接影響到了中國政治、社會的現代化進程。

中國的「現代科學」發端於科學技術,最先乃是以具體的「器物之學」進入中國。如船政、電力、醫學、鐵路、郵政等等,直至同治、光緒之後,「科學」才從「器物」逐漸上升到「觀念」,構成具體的思維方式與世界觀,並為當時中國社會的精英階層所吸納、借鑒。在這個從「器物」向「觀念」變遷的時期中,都市文明與中國文化的現代化進程起到了重要的助力作用。

從「科學技術」向「現代科學」的漸進過程中,最關鍵的變化

是人文思潮的注入，而這恰又拜中國文化現代化進程所賜。西方科學技術在中國的傳播，本身就是一個從官方到民間的過程。最先接觸到西方科技的是洋務運動的主導官僚與受過一定西式教育的知識份子，直至租界繁盛、都市興起之後，科學技術才真正惠及普通民眾。在此之前，「科學技術」根本無法與「現代科學」劃等號，只能算是「救國」、「自強」或「求富」的工具，甚至學堂裡的教習、海關的負責人與出訪使團的領隊都由外國人擔任，中國傳統士大夫並不屑於與科學技術這「奇技淫巧」的東西打交道。在這樣的大環境下，「技術」哪裡有昇華為「思潮」的可能？

學界一般認為，「科學技術」向「現代科學」的演變，以嚴復、梁啟超為代表晚清新式知識份子的譯介與著述當為關鍵因素。但從技藝之學到社會思潮的轉變，將人文主義融入是必不可少的前提，僅憑幾位學者、幾本著作是無法辦到這一點的，必須依賴於廣泛的民間土壤——即廣大民眾在日常生活中對於科學技術的接受與認可，而這正是都市文明發展的結果。

但是微觀來看，包括城市日常生活在內的都市文明對於「現代科學」的發展的影響，必須要依賴於具體的文化形態。以前文舉例的畫報來說，現代科學之所以能因為人文思潮的注入，變成一種觀念，與新興媒體的傳播亦密不可分。中國最早的畫報《點石齋畫報》所出現的時間，也正與中國都市文明興起同步。《點石齋畫報》曾集中推出了一批如鐵路、摩天大樓等現代科技代表成果的圖片與介紹，在一定程度上為民眾普及科學常識、打消對「西夷」的

陌生恐懼並促使先進科技融入日常生活，起到了積極的助力作用。

如《點石齋畫報》這樣的期刊畫報，曾在清季民初的中國社會舞臺上扮演著重要的角色，譬如隨後的《玲瓏》、《東方》與《良友》，都因引領一時風氣之新而聞名於世。它們在介紹無線電、飛機、交際舞時所起到的宣傳作用，在當時很難有其他的公共媒體可以比肩。通過對這些畫報的解讀我們不難看出，都市文明與中國文化的現代化進程共同為現代科學注入了人文內涵，並對中國政治、社會的現代化進程產生了重要的影響。

三

本章並非只是審理都市文明給中國文化現代化進程帶來的正負面影響，而是力圖站在現代科學的角度，來審理兩者之間複雜而又微妙的歷史聯繫。正如前文所述，兩者之間的關係既存在著共生性，又有著相互包容的特徵，並互相為對方提供動力與空間，一起推動中國文化的現代化進程。

重新從現代科學的角度審理本章所指向的問題，有著如下兩點意義。其一是有助於反思「現代科學」在中國社會、文化與城市的現代化進程中的利與弊，為今後重新認識科學、推動科學發展與制定科學政策總結歷史經驗，其二可為中國文化現代化進程與都市文明之間的關係審理尋求新的研究路徑，對於現代科學史、中國城市文化與文化現代化的研究探索跨學科的路徑。

首先，前文已用較多的篇幅來論述現代科學之於兩者進程影響，但客觀地說，現代科學實際上是一把雙刃劍，它既積極地推進了中國社會、文化與城市的現代化進程，同時也帶來了諸多無法迴避的問題。

　　中國的「現代科學」來源於西方的科學技術革命與工業革命，是純粹的舶來品，與中國古代傳統科技沒有邏輯上的聯繫。從歷史發展的角度講，西方現代科學技術的發展必然遠遠早於中國。因此，西方社會的現代化進程所受科學技術的影響比中國更加深入，所暴露的問題也更早、更多。

　　事實上，西方的科學技術革命與工業革命給西方社會發展帶來的問題早為西方社會所關注。早在二十世紀二三十年代，以德國法蘭克福學派為代表的研究群體已經開始關注資本主義與工業文化帶給整個社會的問題及其對策。譬如霍克海默（M. Max Horkheimer）對現代資本主義文化體系的批判、本雅明立足對工業文化對文化現代化問題的反思以及阿爾都塞建構在資本主義意識形態及人類主體精神層面的「無主體過程」，甚至瑪律庫塞還尖銳地指出「進步的加速似乎與不自由的加劇聯繫在一起在整個工業文化世界，人對人的統治，無論是在規模上還是在效率上，都日益加強。」[1]除了理論探索之外，歐美的藝術家也對這一問題進行了誇張的表現與藝術化的批評，其中以卡夫卡（Franz Kafka）的中

---

[1]　[德]赫伯特・馬爾庫塞：《愛欲與文明：對弗洛伊德思想的哲學探討》，黃勇、薛民譯，上海：上海譯文出版社，2008年，頁1。

篇小說《變形記》（*Die Verwandlung*，1915）與卓別林（Charles Chaplin，KBE）導演的電影《摩登時代》（*Modern Time*，1936）為個中代表。

凡此種種，實際上都是對於工業文化、早期全球化與現代資本主義所帶來弊端的反思。之所以會出現這種反思，其根本原因在於，歐洲有著深厚的人文主義傳統，正是這種人文主義啟蒙精神才讓歐洲人脫離了黑暗的經院時代，走向了文藝復興與工業革命，但是人類對於器物的過度依賴，又會使人類在日常生活中逐漸失去自身特性的一面。因此在科學技術剛剛對人類社會產生影響時，西方社會便會如此敏銳地發現人類自身所面臨的問題。

相對於西方而言，在接觸現代科學之前，中國社會並沒有積累深厚的人文主義傳統，相反還長期處於「存天理，滅人欲」的宋明理學與清代高壓文化政策之下。因此，在二十世紀二三十年代，當卡夫卡、勞倫斯（D.H Lawrence）等西方作家批評、反思現代科學所帶來的社會、文化弊端時，中國的「新感覺派」作家與新詩詩人仍在充滿感情地讚頌光怪陸離的以霓虹燈與狐步舞為代表的「海上風景線」之美，並影響到中國現代文學的創作方式與構思思維。[1]

---

[1] 在這裡筆者須做特別說明，「左翼文學」不能看做是對於現代現代科學與工業文化的批判與反思，因為他們的出發點不是人文主義，而是階級鬥爭，因此他們所批判的對象並不是工業文化而是社會體制或者更準確地說是當時中國的買辦階層與政府，這恰是中國「左翼文學」行之不遠的根本原因。對於大多數作家而言，他們一方面批判資本家的剝削，一方面讚揚工業文化所帶來的社會進步，這種內在的矛盾性在很重要的一方面促使中

陳平原曾歸納認為，「現代中國人的思維逐步從類比到推理、從直覺到邏輯、從模糊到精確，主要跟整個現代科學有關。」[1]

因此，工業文化、早期全球化與現代資本主義為表現的現代現代科學對中國社會、文化現代化進程雖然影響深入，並促進了都市文明的發生，但同時代的中國知識界對於這一問題的同步性反思則顯然缺位。之於中國社會而言，「技術中心主義」曾長期是政府制定社會發展的主旋律，[2]而對於科技的批判甚至反思，則被看作是逆潮流而動的思想。

在這樣的語境下，都市文明與中國文化的現代性則不免同時打上了「以（西）洋為師，以賽（先生）為本」的烙印。城市建設效仿歐美現代城市的格局，加大對於科技成本的投入，而忽視城市文化長期建設，甚至對於傳統的城市建築與文化結構進行破壞或有意忽視，使其最終產生出「現代性」的表像；而在推動文化現代化的進程當中，主張定量研究、強調嚴密邏輯的「技術中心主義」以及盲目崇拜西洋、師法歐美的「拿來主義」思想對於現代中國文化的

國「左翼文學」迅速消亡。

[1] 陳平原、錢理群、黃子平：《「二十世紀中國文學」三人談》，北京：人民文學出版社，1988年，頁16。

[2] 從二十世紀初的「科學救國」開始，到1949年之後中國政府提出的「科教興國」、「科學技術是第一生產力」、「科技為綱」等等口號，在中國政府的機構設置中，還有「國家科委」、「全國科協」等派出機構與官方社團，這綜合地反映了政府重科技、輕人文的指導思想。在中國民間，也有「學好數理化，走遍天下都不怕」、「一技之長賽過黃金萬兩」等觀念，可見技術中心主義對於中國現代社會影響深遠。

負面影響，亦不可忽視。審理現代科學之於都市文明與中國文化現代化進程之間的聯繫，或有著去蔽求真、見微知著的學術意義。

其次，現代科學這一角度具備跨學科、跨領域的特質，可以為中國文化現代化進程與都市文明兩者的研究提供新的思路與視角。

可以這樣說，對於都市文明與中國文化現代化進程這兩個問題的研究，在國內外學界都屬於熱門話題，相關研究成果堪稱汗牛充棟。而且兩者之間的關係研究在當下也漸成熱潮，但是我們無法迴避的是，當下學界對於這一問題的研究依然以文化研究或思潮研究為主，較少涉及到其他學科或領域，因此這一研究逐漸呈現出了視野狹窄與理論侷限等客觀問題。

我們無法僭越的是：都市文明與中國文化現代化進程都與中國近現代史的發展息息相關，受「西學東漸」這一宏大歷史思潮的影響，與現代科學的發展有著密切聯繫，同屬中國社會現代化進程的重要組成。通常學界在研究都市文明與中國文化時，關注的是都市文明的具體表現形式（如具體的建築結構、藝術形態、歷史事件等等）與文化現代化進程中的標誌性產物（如具體的作家作品、文藝思潮等等），在理論、視野上顯示出了一定的狹窄與侷限，而以現代科學為視角，可以推動文化與科學的跨學科對話。

現代科學這一視角建構在科學技術與社會思潮的雙重學科背景之上，反映了歷史、社會語境的特定特徵。從跨學科的視角出發，對於這一問題的研究亦可反思現代科學的利弊，對於現代科學所帶來的兩面性進行客觀的審理與評判。

事實上，以都市文明為載體，以工業文化、現代技術、機械文明為主體、以理性思維、強調實證與分類研究為方法論的現代科學，對中國文化的現代化進程依然有著一定的負面影響。而熱衷「現代科學」文化現代化先行者又常以此為科學之圭臬，「凡學問之事，其可稱科學以上者，必不可無系統。系統者何？立一系以分類是已」。[1]甚至認為「苟無系統之智識者，不可謂之科學，中國之所謂歷史，殆無有系統者」。[2]及至「五四」前後，則更是強調「舉凡一物之興，一物之細，罔不訴之科學法則，以定其得失從違。」[3]而這使得現代文化的實踐者改變了傳統的思維方式與創作立場，產生了唯技術化、功利化的傾向，尤其是對自然主義、寫實主義的強調、宣揚，對浪漫主義、現代主義的否定與壓制。譬如茅盾就曾主張：「自然主義是經過近代科學洗禮的……我們應該學自然派作家，把科學上發現的原理應用到小說裡，並該研究社會問題、男女問題、進化論種種學說。」[4]

　　但與此同時，在歐美學界，對於科學的反思雖是出於科學技術的視角，但多半基於人文立場，重視人文關懷，從人文主義的角度

---

[1]　王國維：〈《歐羅馬通史》序〉，見於王國維：《王國維遺書・靜庵文集續編》，上海：上海古籍書店，1983年，頁99。

[2]　王國維：〈序〉，見於樊炳清：《東洋史要》，上海：東文學社，1900年，頁2。

[3]　陳獨秀：〈敬告青年〉，見於《青年雜誌》，1915年第9期。

[4]　茅盾：〈自然主義與中國現代小說〉，載於《小說月報》，第13卷第7號，1922年7月10日。

出發，審思技術中心主義、工業文化對於人文發展的約束與戕害。「現代科學」這個概念本身就含有「科學技術」與「社會思潮」這一跨學科特質，立足人文立場，反思現代科學的兩面性，對於當時歷史、社會語境的變遷，也有著獨特的借鑒意義。

　　綜上所述，都市文明和中國文化現代化進程都是建構在「科學」基石上的人文因素，而它們由共同地受到現代科學的影響，並構成了中國現代文化史中「想像的空間」。因此，「科學視角，人文立場」的研究法則對於中國文化現代化若干問題的探討有著較為重要的啟迪價值。

PART 2

知識分子

周貽白：重寫的兩部戲劇史

　　作為戲劇史家周貽白的遺著，《中國戲曲發展史綱要》（下文簡稱《綱要》）無論是之於周貽白而言，還是之於當代中國戲劇研究史來講，都有著非常重要的學術價值與研究意義。正因為此，本章才將其為其中一個研究中心來進行分析。但周貽白平生著述多泛，其理論代表作並非僅一部《綱要》一本而已，而是包括了早年的《中國劇場史》、《中國戲劇史長編》與《中國戲劇史講座》等多部著述。縱觀這些作品，除卻《綱要》之外，《中國戲劇史長編》（下文簡稱《長編》）亦是一部無法繞開的經典著述，這兩部著作集中地反映了周貽白在1949年之後對於戲曲史相關問題的轉變性反思。

　　正如陳平原先生（為省篇幅，後文省去尊稱）所贊評，「回顧百年中國戲劇研究史，王國維的文字之美與考證之功，吳梅的聲韻之美與體味之深，齊如山、周貽白、董每戡的劇場之美與實踐之力，典型地代表著戲劇研究的三種路向」[1]、「周貽白起步很低，

---

[1]　陳平原：〈中國戲劇研究的三種路向〉，載於《中山大學學報（哲社版）》，2010年第3期。

可進展神速,從1930年代至1960年代,四十年間,七次撰寫中國戲劇史」[1]、「全史在胸,注重學科建設,強調綜合性與演出性,加上持之以恆的探索,此乃戲劇史家周貽白的最大長處。」[2]但陳平原也敏銳地發現了其中所蘊含的問題,「上世紀五十年代後,周貽白出任中國戲劇學院[3](而不是綜合大學中文系)教授,成為該專業的權威學者,如此重任,使得其不斷『重寫戲劇史』」。[4]

確實,周貽白對戲劇史的「重寫」,恰恰是一個值得深入反思並有著一定研究意義的課題。完成於不同歷史時期的兩部戲曲史論著作,反映了以周貽白為代表的現代中國知識份子在特定語境下的觀念轉變。

鑒於此,本章試圖以平行研究的形式,審理《綱要》與《長編》兩者之異同,進而初步梳理現代中國知識份子的「純學術研究」在不同政治語境中以「重寫」為策略的轉換範式。

一

《長編》由人民文學出版社出版於1960年,該書曾經以《中國戲劇史》為書名,由中華書局上海編輯所於1953年出版三卷本,系

---

[1] 同上。
[2] 同上。
[3] 周貽白生前執教於「中央戲劇學院」,在陳文中卻誤寫為「中國戲劇學院」。
[4] 陳平原:〈中國戲劇研究的三種路向〉。

「人民戲劇文庫」叢書中的一種；1957年秋，周貽白將此書重新修訂，遂改名為《中國戲劇史長編》交由人民文學出版社於1960年出版；2004年，上海書店出版社將該書收入「世紀人文系列叢書」；2009年2月，湖南教育出版社又將1953年出版的《中國戲劇史》與周貽白的另一部著作《中國劇場史》一道收入「湖湘文庫」。

　　周貽白在世時，《長編》的主要內容曾以「書局版」（即《中國戲劇史》）與「人文版」兩個版本在中國大陸出版過，前者出版於1953年，而後者出版於1960年。期間跨越了「反右」這個對中國當代知識界影響深遠的歷史事件。

　　在「人文版」《長編》的扉頁之前，有一個〈出版說明〉。裏面有這樣一段話：

> 這次經著者作了小部分修訂，還新增了論述地方劇的發展一節，改由人民文學出版社出版。著者認為這是一部十餘年前的舊著，由於時代的關係，其中有些觀點和論點，在今天看來，還有值得重新研究討論的地方，所以改名《中國戲劇史長編》，表示屬於資料性質的著作。[1]

　　從修辭學的角度看，這段話出現了多個代表第三人稱的「著者」，因此說話者絕非由周貽白本人，而是出版方人民文學出版

---

[1] 〈出版說明〉，見周貽白：《中國戲劇史長編》，北京：人民文學出版社，1960年，頁1。

社。〈出版說明〉中除了「新增了論述地方劇的發展」為有實質內容之外，其餘如「時代的關係」、「值得重新研究討論」與「表示屬於資料性質的著作」云云，實際上都是應景之語。

在該書的「自序」中，周貽白一方面承認「無間雨雪，歷境雖艱，不以為苦」[1]，一方面又批評「書局版」存在著「距今已十餘年，當時社會情況不同，觀點未明，論斷容有舛誤」[2]，甚至有「毀版重寫」的念頭。[3]

之所以周貽白會有這樣的言辭，一方面是因為「書局版」是1949年之前完稿的作品，因抗戰軍興致使該書的出版延誤。待到1953年，《中國戲劇史》在田漢的介紹下獲得了出版的機會，雖在1949年之後出版，但在內容上仍屬「新瓶裝舊酒」。而周貽白動筆寫「人文版・自序」的1957年9月正是毛澤東〈關於報導黨外人士對黨各方面工作的批評的指示〉下發後的第四個月，此時的知識界，不再如1953年那般崇尚自由、大鳴大放，而成為了人人自危、被人為地分為「左中右」的「思想戰場」。之前一批自由主義知識份子及其學術觀點、政治主張此時受到了排擠、否定與打倒。[4]

---

[1] 自序，同上。
[2] 同上。
[3] 同上。
[4] 章詒和認為，（一九五七年五月）十四日晚，毛澤東召集中共中央常委開會，通過了一份「關於報導黨外人士對黨各方面工作的批評的指示」，現在學界公認它是整風變為反右的標志，因為這個「指示」裏出現了右派分子、右傾分子和反共分子的提法（見於章詒和：《雲山幾盤，江流幾灣》，臺北：時報文化，2007年）。

在這樣一重語境下，曾經在國統區出版過專著，參加過無政府主義活動，又是從香港返回大陸的「非中共黨員」周貽白，本身對於突如其來的「反右」就應充滿了警惕與不安。在頗為複雜的心態下，出版了這本修訂後的《長編》，並不足為奇。

我們必須還關注一個歷史細節，《中國戲劇史》的出版方「中華書局」創立於1912年，屬於從「舊中國」過渡到「新中國」的產物，當時只屬於「國務院古籍整理出版規劃小組」的辦事機構，在文化、學術界不具有官方意識形態的代言人意義；但是《長編》的出版方「人民文學出版社」卻是1949年之後中共中央設立的文學藝術類最高級別的官方出版社，且1957年該社已經在全國出版界率先受到了相關整頓，屬於「可信任、被認可」的出版機構，該社社長兼總編輯馮雪峰已經被打為右派，由王任叔接替並主持該社的工作（《長編》便是在王任叔主持工作時出版的）。無疑，這證明了《長編》當時可以在人民文學出版社出版，亦意味著周貽白本人的學術研究當時在政治上是可靠、沒有問題的。

但是，《綱要》的出版卻是在周貽白逝世之後。因在「文革」中周貽白被打為「反動學術權威」，被剝奪了授課、發表作品與出版著作的權利。1977年周貽白逝世，周貽白之子周華斌次年整理了其遺稿，交由上海古籍出版社出版，由馮其庸代序，是為《綱要》的第一版，在書的扉頁，附有周貽白的遺照。

在《綱要》的序言中，馮其庸稱周貽白為「先生」，稱呼的轉變開始表現出了歷史大語境嬗變之徵兆，並客觀地評價了周貽白在

戲劇研究上突出貢獻，以及《綱要》一書的得失。雖然馮其庸稱「周先生對中國戲曲史研究的全面成就，應該由戲曲工作者和廣大群眾去評價」，但是他仍「個人認為」周貽白在戲曲史研究方面是「有貢獻的」、「有一個鮮明的特點」、「對戲曲歷史研究有創建」、「知識廣博」並且「在文物鑒定方面有貢獻」。在「序言」的最後，馮其庸著重指出「尤其是經過『四人幫』的大破壞之後，（中國戲曲史的研究）這個工作更艱巨了。」[1]

由此可知，《綱要》屬於在「撥亂反正」之後「新時期」的出版物，其意義在於當時對於戲曲史這一學科的「重建」——即馮其庸所說，在「大破壞」之後的重建，但《長編》則是在「反右」之後周貽白對於之前戲曲史的「重寫」，兩者都體現出了周貽白在「重寫戲曲史」過程中所承擔的特殊責任。

但是吊詭的是，《綱要》與《長編》的出版不同在於，《長編》是周貽白自覺性的「改寫」，即對完成於1949年之前的「書局版」《中國戲劇史》予以了否定，進而以一種新的指導理論、史料篩選、寫作策略與研究範式來完成一部適應於「反右」之後中國主流文化政治思潮的戲曲史，這次重寫的本質是以當局所宣導的「辯證唯物主義歷史觀」為指導思想，為主流意識形態構建「歷史合法性」的專門史編撰；但《長編》的出版，卻並非周貽白本人的自覺性行為，而是在周貽白逝世之後由周華斌、馮其庸等學者編輯完成

---

[1]　如上關於馮其庸的引用皆引於《中國戲曲發展史綱要（序言）》，上海：上海古籍出版社，1979年，頁5-8。

並出版發行。但巧合的是，該書出版於1979年，這又是一個需要「顛覆前朝，重新修史」的轉折點。

因此，從宏大的歷史語境上看，周貽白的《綱要》與《長編》都是在特定時期內出版的，而這兩本書的意義之於當時的中國戲曲史研究來說，除了具備學術的指導性意義之外，亦存在一定的社會、政治指導價值，這應是無疑的。

二

1949年之後，中共官方始確兩條「修史原則」並在全國的意識形態領域以政令的形式推行。一條是為中共建政尋找在歷史上的合法性，官方依據毛澤東1940年發表的《新民主主義論》，將1919年的「五四運動」看作是中國現代史的起源，即無產階級領導中國「新民主主義革命」的開始；另一條是為包含中國革命在內的世界共產主義運動尋找理論合法性，即依據馬克思、恩格斯的歷史唯物主義、實踐唯物主義的歷史觀，以及義大利馬克思主義經典作家拉布里奧拉（Antonio Labriola）的《關於歷史唯物主義》等權威文獻來解釋包含中國歷史在內的世界歷史，其核心為「勞動創造論」，即人類歷史、文明與社會關係的起源皆由人民勞動所創造。這兩條基本原則，構成了1949年以後中國大陸歷史研究界由官方所推行的核心主導思想。

《長編》即反映了這樣一種研究範式，認為中國戲曲「起源於

勞動」。在第一章的開篇,周貽白如是闡釋:

> 一切事物的形成,追本溯源,雖然其來也漸,但有一個不易
> 的原則,亦為世界各民族共同的原則,即產生文化的行為,
> 無一不是為著幫助實際生活而起源於勞動,沒有勞動,便不
> 會有文化。[1]

　　關於中國戲曲起源於勞動,這一論斷並未在該著之前周氏其他論著中出現,這也是與「書局版」差別之一的地方。在《長編》的第一段,我們確實看到了周貽白試著用官方推行的新歷史觀來努力地解讀戲曲史。但是,在後文系統地論述戲曲的起源時,周貽白卻未再用「勞動說」來解讀原始戲曲中所蘊含的「勞動因素」,而是從戲曲中所囊括的音樂歌舞與詩歌(文字)這兩大體系(即「場上」與「案頭」之濫觴)分別入手,進而探求這兩大體系在中國古代藝術中的起源。

　　實際上,這兩者的起源與勞動的關係為何,在後文周貽白並沒有予以詳述。他主張詩歌乃是起源於人類的情感表達,而早期曲譜是源於「陰陽五行之說」,至於「舞蹈」則與原始社會的祭祀活動相關——這些基本上均與「勞動」無關。其實近世的藝術人類學亦證明:原始藝術有些的確起源於勞動,但有些則是起源於巫術、祭

---

[1]　周貽白:《中國戲劇史長編》,北京:人民文學出版社,1960年,頁1。

PART2　知識分子

祀，並非以「勞動」可以概括全部。無論東西方，帶有儀式性的戲劇尤是如此。作為戲曲史研究者的周貽白當然明白這個道理，但他在帶有重寫性質的《長編》中，顯然不能故意反彈琵琶，逆當局主流而動。因此，周貽白開篇所稱的「勞動創造戲曲」，實質是不得不「觀念先行」的應景舉措。

在《長編》中，論述中國戲曲起源的一章是為「中國戲劇的胚胎」。不寧唯是，第一節更是命名為「周秦的樂舞」，「樂舞為劇曲之源」即為其關於劇曲起源的主張。但在《綱要》中，第一章則被命名為「中國戲曲起源及其重要因素」，此處之變化，表面上是關於戲曲起源論述的變化，實質上所反映的是著者意識形態的變遷。

在《綱要》的第一章第一段中，認為「中國戲劇的起源，以往曾有各自不同的說法」，「眾說紛紜、莫衷一是」，但是「中國戲劇」這種特殊的藝術形態「對於其他姊妹藝術」「更具有一種廣泛的包容」，所以必須要「先說以往那些看法」[1]才能細細理清中國戲曲之起源。

從《綱要》的第一章「中國戲曲起源及其重要因素」來看，周貽白沒有再論述「勞動」的重要性，取而代之是對於王國維「巫覡說」、納蘭性德的「宮廷樂舞說」、許地山的「西域起源說」等說法的分析與評價——甚至全文絲毫不見「勞動」二字。誠然，周貽

---

[1]　周貽白：《中國戲曲發展史綱要》，上海：上海古籍出版社，頁1。

白所舉例的這些說法都曾在中國戲曲史學中起到各領風騷、影響後世的作用，但他卻仍客觀地認為這些說法「有一個共同之點」，即「把中國戲劇的形成看得極為單純」。並且，周貽白還說了這樣一段話：

> 只要把某一相近的事物作為固定的因素，從而與後世戲劇中某一點資為聯繫，就把中國戲劇中所包含的一切成分，都歸向於這個源頭。姑無論中國戲劇的形成，並不是那麼簡單。[1]

這段話自覺或不自覺地消解了「勞動為萬物之源頭」這一宏大敘事。畢竟，1979年不再是出言需謹慎的1960年，權威、教條與領袖的宏大敘事都被「實踐是檢驗真理的唯一標準」而消解，周貽白此時雖然已經不幸辭世，未能在這個轉折的時代裏書寫戲劇史研究的新華章，但是周華斌、馮其庸所整理的這部遺稿，在很大程度上既反映了當時人文社科學術界「破冰」的訴求，亦反映了周貽白的學術觀點與個人主張。甚至我們可以這樣講，《綱要》在「戲曲起源論」上所反映更接近周貽白本人的觀點，甚至更靠近真理。兩相比較來看，《綱要》應是對《長編》中若干政治干預性修辭的自覺性修正。

---

[1] 同上，頁6。

對於戲曲起源的認識，實際上正反映了周貽白如何接受、認可或使用新政權研究方法論這一問題。作為一位嚴謹的學者，周貽白自始至終都認同中國戲曲起源的「多元論」。縱然在《長編》中他亦強調了「戲劇的內容和形式，對於各項藝術實皆有所包容，雖不因綜合而始產生，固可視為一種多方面的藝術」，並且進一步主張「其胚胎之孕育，惟有溯源於各方面始能詳究其整個的來源」。[1] 實際上，這些恰恰反映了周貽白自始而終、堅持真理的學術創見。

三

正如前文所述，1949年之後中共官方所主張的歷史研究法，除卻對於「勞動創世論」的推行之外，亦強調「新民主主義革命」之於當代中國研究的必須性。這一理論的權威讀本當是毛澤東的《新民主主義論》[2]。在此毛澤東明確了「五四」運動之於中共現代史理論體系中的意義，並以政治性的語氣予以了明確限定：「在1919年五四運動以前，中國資產階級民主革命的政治指導者是中國的小資產階級和資產階級」[3]、「在五四運動以後，雖然中國民族資產

---

[1] 周貽白：《中國戲劇史長編》，上海：上海古籍出版社，1960年，頁2。

[2] 該文最先是毛澤東於1940年1月9日在陝甘寧邊區文化協會第一次代表大會上的講演稿，全稿起初名為〈新民主主義的政治與新民主主義的文化〉，發表於延安《中國文化》雜誌的創刊號上，2月20日在《解放》雜誌第98、99期連載合刊連載時，題目始更為《新民主主義論》。

[3] 毛澤東《毛澤東選集》，第二卷，北京：人民出版社，1966年，頁633。

階級繼續參加了革命，但是中國資產階級民主革命的政治指導者，已經不是屬於中國資產階級，而是屬於中國無產階級了」[1]、「在中國文化戰線或思想戰線上，『五四』以前和『五四』以後，構成了兩個不同的歷史時期」。[2]

這裏姑且不論毛澤東所稱的「五四」與梁啟超、殷海光等人眼中的「五四」之異同以及其歷史合法性問題。單就《新民主主義論》而言，「五四」已然成為了中共是否具備「領導權」的分水嶺。換言之：「五四」之前好壞，皆概不論；「五四」之後，則進入與中共息息相關的「新民主主義革命」時期。

不難看出，周貽白在《長編》的〈凡例〉中亦謹慎地採取了當時官方主流意識形態所推行的「『五四』斷代法」，並就書中內容做了注明：「本書所紀，斷至「五四」運動以前為止，以後則概從省略，留待將來」[3]。

不言而喻，《長編》中亦省略了「後五四」時期的戲曲研究。當然，一方面這也與文明新戲（包括以及其後的話劇）這一新興戲劇形式的出現有關係。就「文明新戲」而言，周貽白是參與者，但不是研究者。[4]另一方面這也與官方所推行的新歷史觀有著必然聯

---

[1] 同上，頁635。

[2] 同上，頁634。

[3] 周貽白：《中國戲劇史長編》，北京：人民文學出版社，1960年，頁3。

[4] 周貽白認為「話劇為另一系統，近年雖頗呈興盛，但別具淵源。本書不以列入，庶免另出線索，自亂其例。」（見於周貽白：《中國戲劇史長編》，北京：人民文學出版社，1960年，頁3）

繫。從戲曲（劇）史的角度來看，官方所推行的「五四」，其所指核心並非是京昆或地方戲，乃是以「話劇運動」為核心、將文藝當作工具、武器的「功利主義說」，這才是戲劇的政治定義。

中共重視戲劇而輕視戲曲，這也是不爭的事實。早在「左聯」成立之時，「左翼劇聯」亦隨之成立。左翼戲劇運動的主要發起者如郭沫若、田漢、夏衍、陽翰笙、金山與于伶等人基本上都是中共早期黨員[1]，並且1949年之後均在中共黨內擔任司局級以上實權職務。但梅蘭芳、馬連良、新鳳霞與周信芳等知名傳統戲曲演員，在1949年之前基本上無人加入中共，更遑論做出何等政治貢獻，1949年之後亦未受到官方特別的倚重。由此可知，官方輕戲曲而重話劇，這亦不足為奇了。

換言之，從當時的政治話語來看，「五四」之後中國戲劇的主旋律乃是話劇，並非戲曲，但話劇又不是周貽白理應去論述的藝術門類，因此周貽白在整部《長編》裏只好將「皮黃劇」列為最後一章的「第九章」，並且在標題下方標注「西元一八二一年至一九一一年」。

事實上，「五四」作為中國文學史現代性的邏輯起點，這是基本上沒有爭議的，但這並不意味著這同時還可以作為中國戲曲現代性的邏輯起點。尤其是「五四」之後的傳統戲曲究竟是「不值一

---

[1]　郭沫若1927年加入中共；夏衍於1927年加入中共；陽翰笙1925年加入中共并參加了南昌起義；田漢由瞿秋白介紹1932年加入中共；于伶在1930年加入中共；而金山則於1932年加入中共，並長期為中共做情治工作。

提」還是「避而不談」？既然是「不值一提」，那麼「新文化運動」中錢玄同、胡適等人緣何朝著戲曲開炮？那為何以梅蘭芳為核心的京劇能夠與斯坦尼拉夫斯基與布萊希特一道，成為「世界三大戲劇表演體系」之一？

周貽白並非無視這個問題，在《綱要》中，最後一章即「第二十六章」他用了整整一個章節的筆墨，來敘述「辛亥革命前後的各地方戲曲」。該章節雖然名為「辛亥革命前後」，但周貽白卻用較長的篇幅詳述了包括梅蘭芳劇團赴日演出（1919年）與赴美演出（1929年）、歐陽予倩的戲曲貢獻、穆藕初的崑曲講習所（1921年）等等民國期間戲曲重大事件。用周貽白的原話來講，這章內容雖名為是「辛亥革命」前後，但卻講述的是「辛亥革命前後三四十年」的戲曲事件。在書的最後，周貽白自己也承認自己這本書並非是以「五四」為敘述時間的終點，「至於抗戰期間及建國後中國戲曲的一切動態，則留待以後再論。」[1]

顯然，從編寫的時間終點來看，《綱要》並不再將「五四」視為一個近似禁區的語彙，這是與《長編》有所不同的。若是從更廣闊的維度分析，因為整體政治語境的變化，從一個政治語境進入到另一個政治語境的時代力量促使了《綱要》消解掉了一系列政治禁忌，使其更接近學術真理，這是《綱要》在整體意識形態上超越《長編》的關鍵所在。

---

[1] 周貽白：《中國戲曲發展史綱要》，上海：上海古籍出版社，1979年，頁563。

四

前文從「對待戲曲的起源之看法」與「對待『五四』之於戲曲之看法」這兩條脈絡梳理了從《長編》向《綱要》過渡的趨勢。的確如陳平原所說，從《長編》到《綱要》實際上反映了周貽白不斷「重寫」戲曲史的過程。筆者認為，這個過程所反映的本質則是隨著不同的時代、不同的政治訴求，促使意識形態領域的主流引導思潮不斷發生著變化，進而人文社科學者不得不不斷變換自己的敘述策略、觀察視角與研究範式，來修正自己的作品——尤其是學科史的書寫，更是如此。無論是戲曲史，還是哲學史、思想史、文學史，乃至「通史」，在上個世紀後半葉中國始終都存在著不斷改寫、屢次修訂的過程。

但是，陳平原在後文卻認為，周貽白「不斷『重寫戲劇史』」乃是因為「出任中央戲劇學院（而不是綜合大學中文系）教授，成為該專業的權威學者」的緣故，甚至是「如此重任」所催促，看似這種寫作是周貽白不情願而為之的結果——僅就這個論斷而言，陳平原所言確否？拙認為，這是有待商榷的。

當然，筆者在此並非有意欲與陳平原先生一爭高下，皆因陳平原這句話可以引出本章的結語，並且可以在一定程度上對其論斷予以適當的修正、補充。

筆者淺識，從《長編》向《綱要》的過渡，恰恰證明了並非是

周貽白「出任中央戲劇學院教授」進而接受「如此重任」的結果，而是周貽白對於自己著作的自發性修訂——當然，這並不排除周貽白本人在寫作的過程中會受到主流政治意識形態的影響。

首先，《長編》的前身《中國戲劇史》完稿於上個世紀四十年代，出版於1953年，《長編》出版於1960年，期間跨越了「反右」這個歷史變局。周貽白擔任中央戲劇學院教授為上個世紀五十年代初，期間我們並沒有任何歷史的實證可以證明周貽白是接受「編寫任務」的奉命行為，而是他自己的一種「自覺行為」。

在周貽白的長子周龍斌的回憶與摘錄中，周貽白如是解釋自己從《長編》向《綱要》的過渡：

> 1967年，文化大革命初期，他在「自我檢查」中寫過這樣一段文字：當初寫三卷本《中國戲劇史》，「認為只要把一些現象的經過說明，就可以算是歷史」，沒有作原因和實質的分析。「因此，我後來把此書改作《長編》時，便想到必須重新寫過。以後編寫講義便另名《綱要》，……以民間藝術為主流」，並且「廣泛地聯繫到京劇、梆子以外的各地方劇種」——他最後的一部中國戲劇史專著，就是1979年作為遺著出版的《中國戲曲發展史綱要》。[1]

---

[1] 周龍斌：〈周貽白與《中國戲劇史》〉，載於《藝海》，2000年8月。

其中對於周貽白的文字雖是來自於「自我檢查」的材料，但這也從另一個事實證明，周貽白的「重寫戲劇史」確實是自發的一種學術行為，這也是當時那一批史學家所共有的特徵，包括顧頡剛、錢基博等史學家都嘗試著用馬克思主義歷史觀來重寫甚至改寫歷史，這既是不得已的政治自保，亦是作為史學家的學術嘗試，希望確實可以通過這種「重寫」來建立一種全新的「學術史觀」（但事實證明這種「學術史觀」的建立意圖多半是失敗的）。由是可知，他們並非是奉命而為之。

其次，在1949年之後的漫長的十七年中，官方並無「重寫戲曲史」的要求，就戲曲領域而言，官方所做的兩件最大的事是田漢所主持的「戲改」與傅惜華等人主持的史料文獻的搶救、整理工作，並不太關注戲曲史的編寫以及對於戲曲史中部分問題的研究，而是更多地關注於當時戲曲界所存在的狀況，譬如對崑曲《十五貫》的扶持、對新編歷史京劇《李慧娘》、《海瑞罷官》的批判等等，官方及其意識形態權力者眼光多置於當下，而並不太著眼於歷史。

在這樣的語境下，周貽白的多次「重寫」，恰恰正反映了他的撰寫是他的個人性寫作，而非源自於命令、指示的「如此重任」，若是真有相關指導精神或是所謂的「寫作課題」，周貽白緣何還會在「反右」時獨立署名並修改舊作，而不像其他「奉命撰寫者」那樣，召集「寫作組」而重新撰寫一部新著？

而且，從周貽白的寫作動機與旨趣來看，無論是上個世紀三四十年代，還是1949年之後，周貽白的各類寫作皆為自發性的，曾經

在很長的一段時間裏，他曾依靠賣文甚至賣舊書為生，即使在1949年之後，周貽白亦未參與到政治活動當中，而是甘守高校教師這一清貧職位。1949年之後的三十年中，他對於戲劇史的「重寫」或許會存有受到主流意識政治形態影響，以及對於新的意識形態的把握，但這卻是對於自我的敢於否定，而不是奉命而為之。

最後，我們需要釐清兩個「重寫」的概念，本章所說的「重寫」，是周貽白先生對於自己舊作不滿、對於新政權主流意識形態的靠近，從而進行的私人性重寫，這種「重寫」的本質是私人性的，即以自我及自身的學術取向為出發點，所謂「重寫」並非顛覆自己之前的意圖，而是一種改善、豐富或調整；但陳平原所稱的「重寫」，則是官方在宏大語境下，為了確立自己在歷史上的合法性而進行的一種公共性的「重構」，其本質則是抹去之前的印記，進行全面的顛覆、改寫。兩個「重寫」在本質上意義完全不同，這是值得後來研究者們重視的。

張光年：「向陽湖」與其晚年思想的轉變

　　1969年12月，作家張光年來到了咸寧向陽湖幹校「勞動改造」，勞改時間長達五年半，用張光年自己的話說，是「十年文革，七年幹校」[1]。向陽湖歸來的張光年，身心產生了巨大的變化。他一度曾用「十年噩夢醒來遲」[2]來形容自己思想的轉變，否定自己過去的想法與言論。在整個意識形態紛亂的二十世紀八、九十年代的中國大陸思想界，張光年曾力排眾議發表〈新來的班主任〉、並在「《苦戀》事件」中與林默涵爭論、甚至被批判犯了「自由化」錯誤——這些事件組成了一個真正有立場與正義感的文學批評家張光年，這也是繼〈黃河大合唱〉之後，他再一次新的光輝出場。

　　縱觀張光年的這種轉變，很容易讓人想到另一位學者周揚。只是與周揚不同的是，張光年曾在「向陽湖幹校」下放改造。在幹校的生活中，張光年與一批主張不同但同時代、同命運的作家產生了

---

[1]　此說見於張光年：《向陽日記：詩人幹校蒙難紀實》（上海：遠東出版社，2004年，頁6）。但此說確實不嚴謹，從1969年12月張光年入幹校「勞改」至1975年6月被「釋放」，總共加起來正好五年半的時間，因此本章中稱「幹校五年半」而不稱「幹校七年」。

[2]　同上，頁10。

共同的「難友生活」經歷，而這段經歷恰是促成了他思想迅速轉變的最大動因之一。[1]

「當偶然的個人厄運被投入到時代的群體厄運當中時，任何人都會不自覺地成為這個時代的代言人。」[2]這句話用來詮釋張光年在經歷向陽湖之後的轉變，似乎更有著啟發性與概括性。是的，與周揚相比，張光年轉變的更徹底，因此顯得更有研究價值。但縱觀目前現代文學研究界，除了李潔非的人物散文〈風雨晚來方定〉、劉錫誠的紀實文學稿〈餞臘催耕——大地回春前後的張光年〉與謝永旺的回憶文章〈記晚年張光年〉三篇文學作品從不同側面描述或回憶晚年張光年的生活、情感與社會活動之外，再無一篇完整的學術論文深刻地分析張光年晚年思想轉變動因，更無相關專著對於張光年晚年思想的變化有系統性的研究，這與已然形成「顯學」的「晚年周揚研究」明顯有著天壤之別。

作為現代文學史上一位具備舉足輕重意義的人物，「向陽湖歸來」的張光年，確實該引起學界重視了。

鑒於此，本章將以晚年（1975年6月21日結束「勞改」）之後

---

[1] 李潔非在《典型文壇》中的〈風雨晚來初定〉一文中認為，「從那（《向陽日記》）裏面，找不到能清晰說明他（張光年）心路歷程的文字」，筆者完全不能苟同，因為《向陽日記》中所反映出他的人際交往、情感表達恰恰是對於張光年七年心路歷程轉變的清晰說明，具體將在本章中予以詳述。

[2] [捷]米蘭·昆德拉：《半先知與半文人——哈威爾評論集》，臺北：允晨出版，2004年，頁97。

張光年思想的轉變為支點，結合其在勞改前後發表的論著進行史料性的譜系考索，進而試圖審理、總結其思想轉變的動因、影響及根源。

一

與當時多數作家不同，張光年1969年底被獲准去向陽湖改造，乃是自己「多次申請」的結果。據張光年自己回憶，1966年「文革」爆發，中國作家協會首當其衝被軍宣隊砸爛，作家受到批鬥，張光年自然無法倖免。面對軍宣隊的橫暴，以及「中央專案組」的非法監控，張光年四年裏備受侮辱，「身受者不堪回憶」、「多次申請」去向陽湖勞改[1]。當時張光年看來，寧願勞改也比呆在北京的非人生活要好得多，這便是張光年偕同夫人黃葉綠一同到向陽湖勞改的緣由。

勞改五年半，張光年每天堅持記日記，這構成了其勞改生活最直接的「自我敘事」，這些日記在2004年由上海遠東出版社結集為《向陽日記：詩人幹校蒙難紀實》出版。回到北京後的張光年，仍然堅持記日記，1977至1980年的四年日記以「文學活動日記」為名，分別在《新文學史料》1998年第3期、第4期與1999年第1期、第2期全文刊登，1981年的日記則節選為〈1981年批判《苦戀》的

---

[1]　張光年：《向陽日記：詩人幹校蒙難紀實》，頁2。

前前後後〉，刊發於《百年潮》1998年第1期。

　　這些日記見證了張光年晚年思想立場及其轉變過程，當然，與這些日記存在著共時性關係的，還有張光年晚年所撰寫的書信、序跋、論稿與大會發言。筆者粗略統計了一下，自1980年至其病逝前，張光年可謂著述繁多，筆耕不輟。如1980年發表的〈發展百花齊放的新局面〉、1982年發表的〈《風雨文談》序〉、〈散文‧報告文學：報告文學隨感錄〉與〈社會主義文學的新進展——在四項文學評獎授獎大會上的講話〉、1983年發表的〈研究古代文論為現代服務——在《文心雕龍》學會成立大會上的講話〉，1985年發表的〈櫻花陣裏訪中島——懷念中島健藏先生〉、1986年發表的〈起死回生、青春煥發的十年——在「中國新時期文學十年學術討論會」上的講話〉、〈在建設精神文明的路上〉與〈談文學與改革〉，1987年發表的〈努力表現當代中國人民的精神風貌〉與〈關於《王蒙論》的通信——《王蒙論》序〉、1992年發表的〈作家與改革共命運〉、1993年發表的〈主要問題是創造典型人物〉、1995年發表的〈《硝煙劇魂》序〉與〈別了、馮牧！〉、1996年發表的〈《江海日記》自序〉、〈從伊江到怒江——緬甸華僑戰工隊撤退歸國歷險記〉與〈熱誠的關懷和鼓勵——憶念茅盾的幾件事〉、1998年發表的〈以周恩來精神激勵自己教育後代——1998年2月19日廣州聚會上的發言〉、以及1999年以來先後發表的〈捨不得冰心大姐〉、〈在頤年堂聽毛澤東談雙百方針〉、〈《狂歡的季節》讀後感〉與〈懷念秋耘〉等等。

結合張光年晚年的日記、書信等史料，再聯繫這些零散的篇目，我們很容易發現並總結出兩個問題。

　　第一，整個八十年代，張光年的立場總體是「改革」而非「保守」的。

　　首先，八十年代初保守派對《苦戀》進行批判時，張光年曾努力對於「極左」予以避免與糾正，他認為「（劉）白羽、（林）默涵咄咄逼人」、「報刊批評上綱過高」甚至他「第一次同默涵公開爭執」，並認為黃鋼的批判長文「上綱過高，增刊在大街上叫賣，引起群眾和文化界驚異」，而且，黃秋耘委託韋君宜前來向張光年說情，「怕發展為反右運動，十分憂慮」。張光年則稱「六中全會後，大局是好的，不會有大的反復」、「我是人微言輕，但一定要盡到一個黨員作家的責任，請他（黃秋耘）放心。」[1]當「保守派」要求他對批《苦戀》的文章進行上綱上線的修改時，他斷然予以拒絕，並在日記中記錄「他們想改成一篇上綱較高的社論性文字，這和小平同志（即鄧小平：筆者注）原意相違反，是不能同意的。」[2]在此之後，在批現代派、批周揚時，張光年曾旗幟鮮明地與周揚一道站在「改革派」的陣營裏，進而引發了中共宣傳系統某些保守派官員的不滿，李潔非也認為，「張光年個人與中宣部有關

---

[1]　張光年：〈1981年批判《苦戀》的前前後後〉，載於《百年潮》，1998年1月，頁39-46。

[2]　同上。

領導的關係，就是從批現代派、批周揚這兩件事開始惡化的」[1]。因為張光年的這些言論、舉動，在1987年「反自由化運動」時，「中共中央顧問委員會」曾專門就張光年召開「批評幫助的生活會」。[2]但是張光年卻獲得了改革派知識份子們的擁戴，在1984年第四屆文代會的理事會選舉中，巴金得票第一，張光年與劉賓雁以相同票數並列第二，王蒙得票第三。

這個問題也就自然帶出了第二個問題：晚年張光年最交好的朋友，一是巴金，一為王蒙（張光年與劉賓雁的交往，目前暫無史料可查），但與此同時，他在日記中對於賀敬之、劉白羽與林默涵等保守派作家卻頗有微詞，觀其友知其人，憑此可知張光年之思想立場，已然是倒向了改革派的一邊。

巴金與張光年在八、九十年代有過非常親密的交往，這已為文學史研究界所公認，且巴金的《隨感錄》與《講真話的書》出版之後，張光年還曾專程致信，「都是有益於世道人心的好書，是您晚年多病中最寶貴的貢獻」、可以教導青年「防止『文革』式的悲劇重演」。[3]並用了「情透紙背、力透紙背、熱透紙背」來形容五本《隨感錄》的出版，遂一時傳為名言。張光年逝世後，病榻上的巴金專程托人送去了花籃。

---

[1] 李潔非：《典型文壇》，武漢：湖北人民出版社，2009年，頁242。

[2] 陳為人：《唐達成文壇風雨五十年》，紐約：美國溪流出版社，2005年，頁132。

[3] 謝永旺：〈記晚年張光年〉，載於《新文學史料》，2008年第2期，頁31。

王蒙與張光年晚年之交往則更有意味。在海外一些刊物中，會提及王蒙與張光年曾一度交惡，乃是由於張光年在上個世紀八十年代後期曾與其他作家一道批判王蒙的〈堅硬的稀粥〉。[1]據筆者考證，此說並不屬實。事實上，王蒙與張光年有著自始至終不錯的私交。對於海外媒體對張、王之間關係的臆測甚至捕風捉影，王蒙亦撰文批駁「香港出版過一些侈談大陸政治『秘聞』的書，一看它寫的中央委員會、書記處會議的細節，就知道是生編硬造的了。」[2]

一九八六年，張光年曾給曾鎮南的《王蒙論》寫序，大為推崇王蒙的作品，稱王蒙為「當代文學的奇才」、其作品「給人以心靈上的撞擊」[3]；同年，王蒙被任命為文化部長之前，他曾委託張光年給喬石帶話，意圖請辭，此足以見得王蒙對張光年之信任；2000年，張光年病逝，王蒙主動專程撰寫〈光年千古〉一文，給了張光年這位老朋友富於真情、高度正面的讚譽。從某種程度上說，這似乎也是張光年的晚年思想甚至一生思想的精準概括，讀來令人眼熱動容。

我想，如果不是有著非常好的私交，從王蒙的個性來看，斷然

---

[1] 筆者統計，這一說法僅見於九十年代初的海外右翼政經期刊《九十年代》（1991年4期）、《前哨》（1990年第1期）與《中國之春》（總第92期）等等。

[2] 王蒙：《王蒙自傳》（第二部·《大塊文章》），廣州：花城出版社，2007年，頁51。

[3] 張光年：〈關於《王蒙論》的通信——《王蒙論》序〉，載於《文學評論》，1987年第6期，頁137。

是寫不出這樣的文字的：

> 〈黃河大合唱〉歌詞的這位作者，生時如黃河奔流，波濤洶
> 湧，九曲連環；死時如雪山崩頹，煙飄雲散，一了百了。好
> 一個詩人光未然，好一個革命者、評論家、老領導、老師長
> 和老朋友張光年同志，你活得充實，走得俐落……他是一個
> 尖兵，多年來戰鬥在政治鬥爭、意識形態鬥爭、文藝鬥爭與
> 改革開放的最前線，並為此付出了巨大的代價……[1]

二

前文所述之張光年，乃是「向陽湖歸來」之張光年，這並非是
一個完整的張光年。縱觀其一生，簡略言之，可稱之為「三個張光
年」，前文所述乃是第三個張光年。第一個張光年是一位風華正茂
的文學青年，不足而立之年便以光未然之筆名創作出了〈五月的鮮
花〉與〈黃河大合唱〉；第二個張光年是1949年之後直至1966年的
張光年，此段時期，張光年作為中國作家協會主要領導人之一，負
責制定、執行一系列「左傾」甚至「極左」的文藝政策，對「十七
年」中國文學甚至當代中國文壇產生了消極的負面影響，用張景超

---

[1] 王蒙：〈光年千古〉，載於《作家文摘》，2002年第23期，頁95。

的話說就是「他的名字一直同反右鬥爭、反修鬥爭緊密地聯繫在一起」。[1]

但我們需要注意的是，此段時期的張光年，並非如柯靈、歐陽山甚至巴金一樣，在政治運動中處於「被動」地位，歷經反右、反修的他，早已從一般刊物《劇本》雜誌主編升任為官方文藝喉舌《文藝報》的主編，從中央戲劇學院的教務長攀升為中國文藝的領導者之一，成為了主導當時中國文學方向的幾位少數文壇「實權派」。

第二個張光年，其「貢獻」粗略看來亦為二，筆者在此借用斯圖亞特・霍爾（Stuart Hall）「個人性／公共性」理論將張光年在「十七年」中的兩類行為予以區別。一是「個人性的行為」，即對「三何」（李何林、何其芳與何直）與蘇聯電影藝術家丘赫萊依（Chukhrai, Grigori Naumovich）的粗暴批判；二是「公共性的行為」，即張光年執掌《文藝報》時，辦刊方針堪稱雪中送冰、火上澆油，極力推行「極左」政策，使該刊陷入「越辦越左、越左越辦」的惡性循環，甚至還將《文藝報》的人事任用作為整人工具。張光年在批判其他作家時，一般都是利用《文藝報》這一陣地，因此，兩「貢獻」可合併分析。

在反右鬥爭開始前，張光年做文章尚屬低調，只公開發表了〈從《文藝報》的錯誤吸取教訓切實檢查並改進我們的編輯工

---

[1] 張景超：《文化批判的背反與人格──中國當代知識份子問題研究》，哈爾濱：黑龍江人民出版社，2001年，頁109。

作〉、〈為社會主義現實主義而奮鬥的中國話劇〉兩應景約稿。待到1958年，張光年頓時如賽車手一般迅速插進了極左的快車道，1958年發表的兩文一改先前謹慎應景之風，〈向作曲家們建議——為大躍進的歌謠作曲〉令人振聾發聵、〈好一個「改進計畫」！〉堪稱擲地有聲。

從此，張光年從詩人搖身變成了喉舌，從幕後踱到了台前，並善用不同的武器，專找對手軟肋。譬如1960年批判李何林時，張光年用「公式法」在《文藝報》上對李何林上綱上線，「按照李何林同志的公式，勢必取消了毛主席所說的『文藝問題兩條戰線的鬥爭』」、「按照李何林同志的公式，就有貶低無產階級文藝新生事物的危險」，凡此種種，堪稱排比壯闊，最後乾脆一步送佛到西——「他（李何林）實際上修正了毛澤東思想的基本原則」。[1]李何林斷然未曾想到，熟悉自己的張光年竟會下此狠手，使自己「文革」時險些慘死獄中。

如果說張光年對李何林下的是「狠手」的話，那麼他對何直下的就是「快手」。何直的論文〈現實主義——廣闊的道路〉用通俗的筆法、簡單的方式敘述了一個普遍真理——文學創作不能依據政治意識形態來左右，必須依靠作家本身的生活經驗來決定。

正如王培元用「何直文章驚海內」[2]來形容何直這篇文章的反

---

[1] 張光年：〈駁李何林同志〉，載於《文藝報》，1960年2月3日。
[2] 王培元：《永遠的朝內166號——與前輩魂靈相遇》，北京：人民文學出版社，2011年，頁91。

響一樣，張光年對何直的論稿幾乎採取了「快刀斬亂麻」的方式，其下手之快、立意之銳，甚至不惜偷換概念，在客觀上使得何直這篇其實平庸的文章名滿天下。在批判何直時，張光年索性用「馬克思主義」、「新的世界觀」來替代「藝術」、稱何直「不能劃清新舊現實主義之區別」[1]，何直因此蒙受不白之冤。現在看來，張光年之論誠為名副其實上綱上線之謬論。

在批判丘赫萊依時，張光年將方法又做了更換，他批判丘赫萊依的電影《四十一個》「簡單地抓住了社會本質的教條，把社會科學的公式硬套在文學作品的評論上」[2]。進而對丘赫萊依的電影作品刻意扭曲，認為丘赫萊依在作品中描述的反戰情緒與人性光澤是「修正主義」，必須要採取全盤否定的態度。

當然，除了採取這些「文攻」的策略之外，張光年還採取了「武衛」的權謀方式排斥異己。使得同僚聞名心驚、朋輩因此膽寒。「張光年為人，工於心計」、「他的對立面，說他『很厲害』，『極善於見風使舵，借助風力，收到效果』」，甚至「不屬於一眼可以看透的人」[3]。

譬如，「反右」時對於蕭乾「請君入甕」式的利用、迫害，便是一個例證。

---

[1] 張光年：《風雨文談》，上海：上海文藝出版社，1982年，頁300。

[2] 張光年：〈現代修正主義的藝術標本──評格・丘赫萊依的影片及其言論〉，載於《文藝報》，1963年11月11日；此文為1963年11月27日的《人民日報》所輯要。

[3] 陳為人：《唐達成文壇風雨五十年》，頁207。

如果說何直、李何林以及遠在蘇聯的丘赫萊依因為與張光年沒有太熟的交情而被其攻擊是「情有可原」的話，那麼張光年對於自己鄰居、好友蕭乾的欺騙與迫害就顯得實在太「陰損」了。

　　1956年，意識形態鬥爭尖銳，《文藝報》亦不例外，作為主編的張光年苦於難以找到「替罪羊」。這時他想到了自己的鄰居、民主黨派作家蕭乾。於是，他用勁渾身解數，「禮聘」蕭乾擔任「《文藝報》副總編輯」，蕭乾起初「婉言謝絕呀，苦苦哀求呀，怎麼也不中用。最後，為了怕給人以『不識相』的印象，我硬著頭皮答應了下來」，上任以後的1957年，「作為刊物主編的那位大幹部把我請到他那間古雅的書房裏，滿面春風地對我說：他知道我參加那刊物是十分勉強的。所以到任後，尊重我的意向，每週只占我兩三個小時，開開會，旁的儘量不麻煩我」。「文革」期間，被「打倒」的蕭乾才曉得，這是在張光年從黨內得知要發動反右鬥爭之後，他「輕而易舉、順順當當」地就把蕭乾「這頭替罪羊的脖頸套上了」。「在批判我（蕭乾）的大會上，他（張光年）大言不慚地說：『我是引蛇出洞！』於是，他自己成了反右英雄。及至我覺察出上了當，已悔之晚矣！」[1]

---

[1]　蕭乾：《蕭乾回憶錄》，北京：中國工人出版社，2005年，頁96。

三

美國歷史學家羅伯特・威爾曼（Robert Weimann）在《文學史中的結構與社會——文學批評的歷史與理論研究》一書中如是認為，「一個時代的文學權力者，多半是複雜、多變且善變的，他們會在不同的場域下，為了權力場的平衡而不斷改變自己。」[1]這句話用來詮釋張光年的一生，顯然是有著可借鑒之處的。

前文所述兩個截然不同的張光年，實在令人覺得匪夷所思。與周揚不同，周揚三十年代便是「左翼文壇」之「黨代表」，長期身居高位，權力要比張光年大許多，因此其轉型也可以看作是「歷史代言人」的變化；與張天翼、臧克家等有過切身苦難經驗的作家也不同，「向陽湖」前後，張光年在中國文壇都曾有著相當的實權職務，簡而言之，自打張光年「出道」以來，除卻「向陽湖」五年半，他一生都在做官。

因此，「向陽湖五年半」之於張光年晚年思想的轉變，有著非常重要的研究意義。通過對張光年「幹校日記」與「文學活動日記」的細讀分析，筆者認為，「向陽湖五年半」對於晚年張光年思想之轉變，主要影響有二。

---

[1] Robert Weimann, *Structure and Society in Literary History: Studies in the History and Theory of Literary Criticism*, Baltimore：The Johns Hopkins University Press, 1984年，頁349。

其一，張光年在向陽湖「勞改」期間，受到了難友、群眾們的特殊照應，這些難友有些曾是他的論敵、對手。但共同的苦難與人性的回歸，使得張光年對先前自己的所作所為產生了強烈的否定甚至荒謬感。

對於一個有著實權的知識份子來講，「勞改」無疑是身心雙重折磨。張光年在北京受迫害長達四年，受到「專案組」與「軍宣隊」雙重折磨，早已看透人世間的種種荒謬。在幹校時，他反而尋找到了生存的意義與人性的回歸。他認為，這是「不幸中之幸事」、「作為老弱病殘受到優待，輪流看管菜地，能呼吸到新鮮空氣」、「還不時領受村裏房東和過路老鄉的同情（總說是『年紀這麼大，幾可憐囉！』）」、「比起『文革』初期，那是文明的多了。」[1]

張光年不但蒙受別人的照顧，他也學會了捨棄政見、權力之別，主動關心、照顧別人，譬如在1970年的日記中，張光年多次記錄「楊執一同志和（村裏少年）安全寶幫我掛上了帳子，很感激他們！」、「問我們生產勞動與生活情況，對我們很關心」；在1971年的日記中，他也記錄在搬家的過程中「尹一之留下來（幫我拉東西）」、「張天翼說他心跳加劇，我讓他多休息，我多值班」、「我同臧（克家）商量，提議我值（班）整夜，他值全日。」[2]向

---

[1]　張光年：《向陽日記：詩人幹校蒙難紀實》，上海：遠東出版社，2004年，頁2-3。

[2]　同上，頁12、36。

陽湖畔相互的提攜、扶持，成為了張光年一生中最寶貴的精神財富。「最難忘一批作家難友」、「最難忘一批熱情的校友」、「最難忘向陽湖畔一批農民朋友及其少年子弟，他們看得起我們這些讀書人，從不把我們看成異類」、「我還不能忘記李季同志、嚴文井同志……他們身受委屈而被結合為連排幹部，在力所能及的範圍內給我以照顧和方便。」而且，1974年回家探親的張光年，路上偶遇面對曾經的「論敵」何其芳夫婦時，彼此還有過「笑談」的經歷。[1]

除了在生活上受到關照之外，「向陽湖五年半」儘管勞作辛苦、精神禁錮，但並未使其在物質上受到苛刻，這更使得張光年珍惜生活之美好，為「向陽湖歸來」的張光年打開了一扇呼吸人生真善美陽光、遠離污濁權力鬥爭的窗口。譬如在向陽湖「勞改」的他可以買到「古巴糖」、「電池」、「高級糖果」、「蘋果」與「醬羊肉」，他將這些都一一記錄在日記裏。以及「（食堂的）菜很多，沒有吃完」、「十五日是中秋節，連部配售每人月餅六個，蘋果一斤，梨一斤半」、「早餐紅燒肉、下午包餃子」、「晚餐吃鱖魚，甚佳」、「以後每月發一百三十三元（扣去一百一十元）」、「買到蘋果醬一瓶」等等語言在張光年的日記中都有記錄。[2]在人身失去自由、精神備受摧殘的日子裏，對於日常生活中這來之不易的平凡溫暖，張光年倍加看重。正因這樣獨特的生活經歷，「向陽

---

[1]　同上，頁6、172。
[2]　同上，頁6、7、8、10、31、36、38、41、59。

湖歸來」的張光年既有「劫後餘生」的心有餘悸，亦有「力挽狂瀾」的壯闊情懷。這也是八十年代的張光年緣何不惜受到批判，而敢於橫眉冷對極左勢力的重要原因。

其二，張光年在向陽湖五年半，實際上經歷了從「消沉」到「崛起」的悲劇性崇高淨化，人性、道德與正確的世界觀在晚年時獲得了重新彰顯，這是張光年之幸、中國文壇之幸，更是向陽湖之大幸。

剛剛到達向陽湖的張光年，是其人生中最消沉的低谷時期。1970年，兼受痔瘡等病痛折磨，他情緒極差，面對生活之消極心態在日記中可見一斑：「今日起床較遲，到池塘邊洗漱，連日沒有這樣痛快地洗臉刷牙」、「今日發現顏面、眼皮、腿和左手浮腫、不去管它了」、「整天在泥路上跑來跑去，什麼也沒有幹成」、「睡得不好，夜一時半竟在惡夢中驚醒」、「指出我在參加運動和勞動方面還不夠主動積極、生活上也不大刻苦、也不大主動跟革命群眾交談」[1]等等在1970年的日記中屢見不鮮；但1971年的張光年在情緒上就已有了較大的轉變，「下午得到安迪自蘿北來信，很高興、讀得老淚縱橫」、「勞動能力較過去顯然提高、心裏感到高興」、「幹活時看到天鵝、白鶴、鷺鷥、沙鷗、野鴨、八哥成群飛舞」、「回家抬不動腳，但心裏感到痛快」、「睡得較晚較少，卻睡得酣暢。」[2]

---

[1] 同上，頁3、7、8、10、11。
[2] 同上，頁36、41、43、44、45。

到了1974、1975年，張光年曾請假回北京探親，這使得他進一步看到了自己生活的希望，遂對於生活的積極性大大提高。其中最重要的反映就是他開始廣泛接觸、閱讀以文史類為主的各類報刊，這在之前是沒有過的。「飯後散步到王府井新華書店，買到兩本小冊子：《自然辯證法雜誌（二）》、《天問天對注》」、「憑介紹信購得《資本論》、《法國革命史》等書五種」、「看了《傅立葉全集》上卷若干篇」、「翻閱《王荊公年譜考略》」、「流覽借來已久的《社會主義經濟學》」、「今天繼續學英文《資本論》第一卷」、「看了一本通俗小冊子《植物的生長》」、「小李帶來資料室代購的《紅樓夢新證》」。[1]凡此種種，只要閱讀必記錄在案，這深刻地反映了張光年在「向陽湖後期」的心境，不再是初來乍到的消極沉淪，而是積極地堅韌中努力崛起。

　　縱觀張光年一生，除卻「文革」十年，鮮有大起大落之時。先前雖歷經多次生死磨難，但仍屬於少年得志、平步青雲。他自幼家境殷實，軍閥混戰時仍可接受良好的教育，不及而立即憑藉〈黃河大合唱〉享譽全國，1949年之後他又身居中共意識形態界之高位。正如前文所述，這些皆導致他習慣以自我為中心、甚至為獲得權力不擇手段。「向陽湖五年半」的大起大落等於是給年近花甲的張光年重新補上了認識苦難、練達人情的一堂人生課。向陽湖的勞改營是他真正參透人生、頓悟世道的「訓練營」。短短五年半，張光年

---

[1] 同上，頁171、172、173、175、181、215、221、279。

完成了從「消沉」向「崛起」的人生蛻變。

四

　　當然，張光年晚年思想轉變還與他在1979年患腸癌住院，經歷過生離死別有著很大的關係，作家與病痛的關係也是目前文學史研究界關注的一個領域，但此與「向陽湖五年半」沒有太大聯繫，遂按下不表。

　　通過前文的分析與闡述，我們可以看出，張光年在文學上早慧，但在人生上卻晚熟。但是好在有了「向陽湖五年半」的「補課」，使得張光年迅速完成了人生蛻變，成就了晚年人格的輝煌，這是其肉體之不幸，但卻是其靈魂之大幸。因此，之於張光年晚年思想轉變的研究，筆者有如下兩點淺見，獻教於諸方家指正。

　　首先，張光年的遭遇，既可以看作是中國現代文學作家的遭遇，也可以看作是張光年一人之際遇，兩者之間既有相同點，也有不同點。從不同點出發，可以對中國現代知識份子的獨特經歷有著更全面的認識。

　　論及「文革」後晚年思想之轉變，有些研究者很容易將張光年與周揚進行對比。實際上，周揚與張光年仍時有一定區別的。周揚作為1949年之後中共文藝政策的策劃、執行者，其遭遇本身有著時代悲劇的意味。周揚「文革」後的反省及思想觀變化，其實反應的是中共文藝政策的反省與變化，周揚只是被投射的對象，被人化了

的代表。但夏衍、張光年、黃秋耘、林默涵等一批「實權派」知識份子思想的轉變,卻與自身的際遇息息相關。

在與李輝談話時,張光年也認同這一點,「我認為他(周揚)是一個有才華的領導人,有領導、組織才能。但是他也犯了一系列錯誤這些錯誤是與黨的文藝政策、領導作風的錯誤聯繫在一起的。如果當時是遵循黨的領導並在第一線工作的人,都不可避免。往往是事過之後,才覺得錯了。」、「剖析周揚,其實同時也在剖析我們自己。」[1]這也說明了,在張光年雖然發現了他自己與周揚之間存在著一定的共性,但周揚更多地是為時代承擔責任。

我們可以大膽假設——倘若張光年請求「下放」未獲批准,在北京飽受蹂躪、折磨的他,會產生這樣的轉變嗎?若是沒有「遠離權力,彼此提攜」的「向陽湖」生活經歷,他會在八十年代那樣堅決地與極左勢力據理力爭嗎?很難說。「向陽湖五年半」在某種程度上形成了一種「權力瓦解」的場域,在這個場域裏,每一個人都是失去了權力、政治身分甚至寫作資格的「社會人」,只剩下的身分就是「自然人」。在天災、病痛面前,人與人自然、平等地結合到了一起,這種結合並非是基於權力,而是基於人性中求生的本能。張光年「向陽湖五年半」的生活,宛如經歷了海難孤島、地震廢墟與大屠殺死人堆之後的倖存人群,他們無疑比常人更加懂得人生的重要與美好。

---

[1] 李輝、張光年:〈談周揚——張光年、李輝對話錄〉,載於《新文學史料》,1996年第2期,頁46-47。

其次，「向陽湖」實際上所反映的是一批知識份子晚年思想轉變的動因，完全可以作為不同個案來分別研究。

張光年晚年的思想轉變，既是中國當代知識份子的一個特例，更是「向陽湖知識份子」的一個特例。當下中國學術界習慣將「向陽湖知識份子」看做一個整體，實際上，他們其中每一個人在經歷了「向陽湖生活」之後，其晚年思想都有非常劇烈、澈底的轉變。少年得志、位高權重的張光年只是其中之一，當然還包括臧克家、崔道怡、冰心、沈從文、張天翼、郭小川與陳白塵等作家、學者。他們在去「向陽湖」之前，本身都有著各自不同的歷史背景、生活狀況以及社會地位。因為「向陽湖」的勞改生活，使得他們晚年的思想都產生了轉變，那麼其中每一個人既是「共性之一」，更是獨一無二的個案。

因此，筆者撰寫此文的目的更在於拋磚引玉，希望今後可以看到關於其他學者、作家甚至中共高官（如趙辛初）等人在經歷「向陽湖」生活之後，晚年思想獲得轉變的研究著述，這必然是一個非常有意義的學術課題。

蘇雪林、胡適與周作人：
三個不同的「五四觀」

　　以證據為依據的歷史歸根到底完全是一種外在的歷史而決不
　　是根本的、真正的歷史，根本的、真正的歷史是當代的和當
　　前的。[1]

　　這是貝奈戴托・克羅齊（Bendetto Croce）在《歷史學的理論
和實際》（1917）一書中所提出的著名觀點，這一年恰好是中國新
文學運動爆發的年份。當克羅齊這位西方的哲學巨人提出了關於歷
史的新視角時，中國的歷史正在悄悄被改寫。實際上，克羅齊的這
個視角亦反映了當時全世界一代人對於歷史的看法──一切歷史都
是當代史，那麼當代史存在的意義又是什麼？

　　這種歷史觀同樣決定了對文學史的撰寫態度，實際上這一視角
之於「五四」時期的文學史研究者們來說仍有著借鑒意義。因為在

---

[1]　[意]貝奈戴托・克羅齊：《歷史學的理論和實際》，（英）道格拉斯・安斯
　　利、傅任敢譯，北京：商務印書館，1982年，頁12。

「後五四」時期,並非是所有研究者都將目光注視在當時的文壇。文明新戲、新詩與白話小說在大多數人看來本屬於實驗室裏的文學,是否有資格進入到文學史,被許多研究者所懷疑。誠然,在「五四」一代學人中,不乏治文學史與文獻研究之人,其著作亦堪稱汗牛充棟、蔚為大觀,但與當時治古典文學史的龐大隊伍相比,新文學史研究的力量在「後五四」階段確實顯得勢單力薄,代表著述僅有蘇雪林的《中國文學史略》、胡適的〈五十年來中國之文學〉與周作人的《中國新文學的源流》等三部——而且,蘇雪林的《中國文學史略》乃是一部文學通史,「新文學」只是其中一段。

我們無法否認的是,這三部著述的作者中,有兩位是「五四」新文化運動的旗手人物,另一位則是「後五四」時代最具盛名的女作家之一,他們對「五四」的認同態度,無疑可以代表當時一代學人對於「五四」的看法。尤其是「五四」的發生的因素及其當時之影響,構成了上述三部文學史中的核心命題。

同時代的不同的寫作者,對於相同的歷史事件,無疑有著不同的看法。尤其是對於代表著一種全新文學體制開端的文化運動,作為參與者的當事人在撰寫歷史時的態度與立場,無疑可以讓後世研究「五四」時有著「還原文學場」的意義與價值。

藉此,筆者在本研究論題中旨在提出三個問題:其一,在蘇雪林的《中國文學史略》、胡適的〈五十年來中國之文學〉與周作人的《中國新文學的源流》這三部著述中,分別是如何認識「五四」的?其二,在這三種對於「五四」的不同認識中,存在著什麼樣的

共通點?其三,這三種認識的不同點,其根本原因又是什麼?

對於上述三個問題的審理與回答,實際意在反思「五四」一代人如何認識「五四」這一問題。這三部文學史著述均將「五四」作為一個過去時的歷史話語予以重構,因此,在重構的過程中就會因為三方的視角不同而呈現出近似於「羅生門」一般的多個版本。在不同的「版本」之間,尋求相迥之裂隙,這既是對於「五四」敘述史的思想考古,也是從文學、政治的角度對於一代人「五四」觀的精神反思。

因此,三者採取不同的認識「共鑒五四」,表面上是視角的不同,實際上卻反映了早期新文學研究者們從不同側面反映了如何用文學、政治的眼光來審理「五四」。三種不同角度的表述,反映了不同的研究者所採取的各類範式,其中暗含了參與過「五四」的知識份子們對於「五四」本身以及從「五四」所延伸新文學史之看法。

一

蘇雪林在《中國文學史略》中,有這樣一段話:

> 法國聖柏甫(Sainte Beuve)曾說「一個文藝創作家應該有一個文藝批評家為之匡導」,文藝批評與文藝創作關係之密切可想而知,新文學的批評原本比較的少,公正的批評家更

少，不過這也不是什麼可悲觀的事，因為某種文藝批評的產生照例是要在某種文藝成熟以後。[1]

蘇雪林認為，「五四」之後，新文學的批評家之所以少的原因，乃是因為新文學尚且不成熟，在作家作品既缺乏品質又缺乏數量的狀態下，文學批評必然也不會繁榮，這是蘇雪林對於新文學的整體看法。作為新文學開端的「五四」運動，蘇雪林卻認為，這又與「西化」密不可分。

在論述「五四」運動的發生時，蘇雪林提出了西方文化傳入中國的「三期說」，即第一期為曾國藩等人主導的洋務運動，即以「科學」為核心，第二期則是康梁主導的戊戌變法，相對於洋務運動而言，從科學深入到了政治體制，而「五四」則是從洋務運動、戊戌變法一脈相承的「西學東漸」。

第三期除掉科學政治不算，還要將他們的道德倫理的信條也接受過來，好將我們的生活型式澈底改造一下，而有轟轟烈烈的五四運動的誕生。[2]

改造「生活型式」、接受「道德倫理」，乃是「五四」誕生的

---

[1] 蘇雪林：《中國文學史略》，樂山：國立武漢大學出版所，1938年，頁139。

[2] 同上，頁140。

緣由，這是蘇雪林的「五四」觀。結合上述兩段蘇氏觀點，我們不難看出，蘇雪林對於「五四」以及其後新文學史的理解，乃是建立在「西學東漸」的基礎之上。即「他者」對於「自我」的文化干預，在陸續引入西方科技、政治之後，最終必須要引入更加形而上的道德倫理，目的在於澈底改造我們的「生活型式」。

與蘇雪林不同的是，胡適對於「五四」運動的發生，有著自己這樣一番見解：

> 近五年的文學革命，便不同了。他們老老實實地宣告古文學是已死的文學，他們老老實實地宣言「死文字」不能產生「活文學」，他們老老實實的主張現在和將來的文學都非白話不可。這個有意的主張，便是文學革命的特點，便是五年來這個運動所以能成功的最大原因。[1]

在論述「新文學運動」時，胡適這樣說：

> 1916年以來的文學革命運動，方才是有意的主張白話文學。這個運動有兩個要點與那些白話報或字母的運動絕不相同、第一，這個運動沒有「他們」、「我們」的區別。白話並不單是「開通民智」的工具，白話乃是創造中國文學的唯一工

---

[1] 胡適：〈五十年來中國之文學〉，載於《最近之五十季‧申報館五十周年紀念》，上海：申報館，1923年。

具。白話不是只配拋給狗吃的一塊骨頭，乃是我們全國人都該賞識的一件好寶貝。第二，這個運動老老實實的攻擊古文的權威，認他做「死文學」。從前那些白話報的運動和字母的運動，雖然承認古文難懂，但他們總覺得「我們上等社會的認識不怕難的，吃得苦中苦，方為人上人。」[1]

在胡適看來，「文學革命運動」成功的要點，乃是在於「白話」與「攻擊古文的權威」即對古文的否定，說白了就是一種語言對另一種語言的完全代替。這便是「文學革命」的精髓所在，而且，胡適在這篇文章中還以第三人稱的視角研究了自己的文章〈建設的文學革命論〉，認為這篇詳敘文學革命成功經驗之作的意義在於「把從前胡適、陳獨秀的種種主張都歸納到十個字，其實又只有『國語的文學』五個字。旗幟更明白了，進行也就更順利了。」[2]

與胡適、蘇雪林相比，周作人對於以「五四」為代表的「文學革命」，有著更為迥然的論調，他甚至還表示出來自己與胡適「有些不同」的觀點：

我已屢次地說過，今次的文學運動，其根本方向和明末的文學運動完全相同，對此，我覺得還須加以解釋：有人疑惑：今次的文學革命運動者主張用白話，明末的文學運動者並沒

---

[1]　同上。
[2]　同上。

有如此的主張，他們的文章依舊是用古文寫作，何以二者會
相同呢？我以為：現在的用白話的主張，也只是從明末諸人
的主張內生出來的。這意見和胡適之先生的有些不同。[1]

　　周作人批評胡適憑藉是否「白話」來界定「死文學」與「活文
學」之概念的觀點，認為「古文和白話沒有嚴格的界限，因此死活
也難分」。[2]

　　那麼，蘇雪林、胡適和周作人三者的「新文學觀」是否意味著
三種不同的範式呢？答案是肯定的。但是，這三種不同的範式之間
的「不同」又在於何處？即使有不同，那麼它們彼此之間是否又存
在著一些互通之處呢？

　　上述問題實際上構成了本研究論題的核心，對於三部著述中不
同表述範式的解答，無疑有助於瞭解作為「當代人」的「五四」參
與者如何在他們所屬的「當代」來詮釋「五四」的生成及其影響。
實質上，這種三種表述范式涵蓋了各自不同的歷史闡釋，真正的歷
史，並不會因為闡釋而改變，但闡釋卻可以從另一個側面獲得盡可
能的歷史真實。

---

[1]　周作人：《中國新文學的源流》，石家莊：河北教育出版社，2002年，頁
　　54。
[2]　同上，頁55。

二

　　本傑明・史華慈（Benjamin I .Schwartz）曾認為，一批五四運動的當事人在其對這一運動的反思與回顧與評價中，仍強調它在自己生活以及現代中國生活中的重要性。[1]因此，之於蘇雪林、胡適和周作人而言，他們對於「五四」的界定，實質或多或少地反映了他們自己在「五四」中所扮演的角色，這種身分限制了他們對於「五四」的視角，進而形成了不同的表述範式。

　　這種在場性的「身分」制約，使得他們在面對同一段歷史時，會做出不同的闡釋，通過不同闡釋的分析，我們還可以釐清一個問題，即引發「五四」的話語權力場究竟是何種結構。而且，如果正如克羅齊所言，真正的歷史是「當前的歷史」的話，「五四」一代學人對於他們的「當代」即「五四」的闡釋正非是從證據出發而是基於自身的認識，那麼，上述三種闡釋也就更接近於歷史的真實。藉此，筆者可以回答前文所提的第一個問題，即蘇雪林、胡適與周作人三人所持之表述範式的不同之處何在？

　　正如前文所析，蘇雪林對於「五四」的詮釋，定位於「西學東漸」之上，即認為生成「五四」的動力是外來而非自己生成的，這

---

[1]　[美]本傑明・史華慈：〈《五四運動的反省》導言〉載於王躍、高力克主編：《五四：文化的闡釋與評價──西方學者論五四》，太原：山西人民出版社，1989年，頁1。

是她與胡、周二說的最大區別。在蘇雪林看來，「五四」的源頭應該上溯到康有為、梁啟超與黃遵憲的「小說界革命」與「詩界革命」，甚至從廣義上遠觀，「五四」應該與晚清的文學革命運動是一體的，她更認同於作為文化載體的文學、哲學對中國之影響，「西洋文化對中國文學影響之直接者當然是哲學思想與文學名著」、「前者的介紹人當推嚴復為第一，後者的介紹人當推林紓為第一。」[1]

這種打破社會體制即忽視封建王朝與共和國家之間分野的研究視角，著眼的是整個社會思潮的變遷。在蘇雪林看來，「晚清」與「五四」有著西學東漸這個背景的一脈相承性，而「西學東漸」在中國的歷史上並不鮮見，如南北朝時代佛經譯介的「傳法與求法」。因此，早在一千多年前中國就開始嘗試著和西方接觸，包括唐代景教、明代天主教的東傳，但這些接觸都是表像性的，只有經歷過洋務運動、戊戌變法的失敗之後，中國知識份子才開始吸收西方的先進文化與思想，進而匡正傳統的倫理道德，形成對日常生活形態的影響，這便是「五四」運動之起因。

上述便是蘇雪林對於「五四」的認識。不寧唯是，這代表了當時相當一批知識份子的「五四」觀，胡適則認為「五四」在於對「白話」的推崇，這是有別於蘇雪林的一面。在胡適看來，「五四」的意義在於語言的革新，這種革新是自發的，是文言文走向了

---

[1] 蘇雪林：《中國文學史略》，頁142。

死路，傳統的文學成為了「死文學」，說到底，這是一種「文字進化論」的主張。甚至他認為這種文字進化論放之四海而皆準，「中國人用古文作文學，與四百年歐洲人用拉丁文著書作文，與日本人做漢文，同是一樣的錯誤，同是活人用死文字做文學。」[1]

周作人則認同於對於文學本身精神的訴求，這既不是「西學東漸說」，也非「文字進化論」，而是寫作者本身因為客觀環境的變化，不得不採取新的說話方式，否則就無法準確地表達自己的想法。譬如電報、車站與醫院等「物」的普及，使得在文言文中根本找不到準確的詞與之對應，不得不求助於譯文或白話文。詞的變化導致了片語的變化，進而形成了整個語法系統甚至文學思想的大革新。因此，說到底是這種「詞」與「物」的命名關係的嬗變，促使了「五四」的發生。

因此，蘇、胡、周三位所持「五四」發生之論，最大之不同乃是在於立足點之不同。蘇雪林立足西學東漸，因其對西學之推崇，從「洋務運動」到「五四」乃是西學在華傳播最為繁盛之八十年，「五四」堪稱集大成；但胡適立足於語言之進化變革，文言文發展之清末，已江河日下，不得不另求新生，遂有了白話文，因文字之革新帶動文學、思想之革命，此為「五四」興起之緣由；周作人則另闢蹊徑，從整個社會環境的變遷入手，認同一朝有一朝之文學，明代文學革命與「五四」乃歷史循環更替之故，無非是尋求一種新

---

[1] 胡適：〈五十年來中國之文學〉。

的方式來表達自己所處的語境以及言說者的心境——即「托物言志」，但年年歲歲「物」卻不同遂導致了「言」之策略的改變，這便是周作人所認同「五四」發生之緣由。

但值得注意的是，周作人亦認同西學之於「五四」的意義，「西洋的科學、哲學和文學各方面的思想，到民國初年，那些東西已漸漸輸入得很多，於是而文學革命的主張便正式的提出來了。」[1]但他同時堅持認為「（新文學的主張）也即是復活了明末公安派『獨抒性靈，不拘格套』和『信腕信口，皆成律度』的主張，只不過又加多了西洋的科學哲學各方面的思想，遂使兩次運動多少有些不同了，而在根本方向上，則仍無多大差異處。」[2]

因此不難看出，周作人與蘇雪林都認同「西學東漸」，但在程度上有明顯差異，周作人與胡適都傾向「文學革命論」，但對於其主導因素，亦有著不同見解，這種相似又不同的關係，恰恰為我們反思「五四」提供了可入手的裂隙。

三

正如姜弘在〈百年啟蒙，兩個「五四」〉中所提到的那樣，同一個「五四」在「大陸／海外」顯現出了兩種不同的闡釋，一種是

---

[1]　周作人：《中國新文學的源流》，頁53。
[2]　同上。

「啟蒙性」，另一種則是「革命性」。[1]毫無疑問，作為一個被關注的議題。「五四」運動始終被大陸官方認為是中國「新民主主義革命」之歷史淵藪，因為「五四」促成了「中國工人階級登上歷史舞臺」，並為日後中共壯大力量提供了先聲。但事實上，對於「五四」中以政治現代性議題為核心的「啟蒙」，卻在被強調「革命性」大陸研究界一直被忽視、遮蔽。

本章題所論及的三種「五四」觀，實質上均指向了「啟蒙」這個主題，這是三者的共同點所在，即對於先前陳舊文學體制的顛覆，並呼喚新文學體制的重建。而這種重建還必須是多方面的，既包括語言、思想亦涵蓋了其創作規制。但蘇雪林、胡適與周作人在中共意識形態下曾長期「因言廢人」並「因人廢言」進而「人言俱廢」，[2]但這實際在一定程度上反映了中國現代文學研究界長期以來的研究主導思想。

這種主導思想歸根結底是「去啟蒙化」的，實際上是將啟蒙這

---

[1] 姜弘：〈百年啟蒙，兩個「五四」——讀殷海光、顧准著作所想到的〉，載於《書屋》，2010年第6期。

[2] 在中國大陸研究界，三人「人言俱廢」的直接原因是各不相同的。蘇雪林因為早年與魯迅發生過爭論并終生「反共非魯」而遭到批判，胡適則是因為推行「自由主義」與「人文主義」而與中共主導思潮背道而馳；周作人之所以受到遮蔽，乃是因為在抗戰時曾供職於華北偽政府，屬於「附逆文人」，儘管原因各自不同，但三人都崇尚人文主義與「五四」的啟蒙思想，這與中共文藝思潮的主導思想是完全不同的，而且他們均對史達林主義與中共新政權表示出了自己理性的不滿，而這，恰是三人在1949年之後遭到大陸研究界「長期封殺」的根本原因。

種公共話語予以了「遮蔽」，使其逐漸偏離了最原初的精神意義。「五四」之核心命題，乃非「革命壓倒啟蒙」而是「革命來源啟蒙」，縱然有「文學革命」以至於日後的「社會革命」，亦是建構於「啟蒙」之上的「革命」。而且，就一批參與或見證「五四」的當事人如蘇雪林、胡適與周作人等人來講，他們亦認同於「五四」的啟蒙價值。

這種啟蒙，實際上是以顛覆的姿態來完成一種意識形態的普及與重構。因此，無論是作為文學運動家胡適所提出的「白話論」、還是作為美文家周作人所提出的「抒情論」，抑或是作為作家的蘇雪林所主張的「西化論」。說到底，其實都是為了證明「五四」的意義在於一種顛覆。即對於語言、寫作意圖與精神來源的澈底洗牌。

胡適認為，「白話」的意義在於推動文學的傳播，使文學從精英走向大眾，實現了其社會意義，這種從接受層面上對「一朝之文學」的界定，實際上反映了胡適啟蒙大眾的社會思想；儘管周作人認為「古文和白話並沒有嚴格的界限」，[1]但他同時也承認，這種重構是基於「不拘格套」的，是對於「個人言論」的尊重，這明顯是受到當時人本主義影響的——而且「獨抒性靈、不拘格套」本身就是明末清初「桐城派」啟蒙主義者的思想主潮。

值得注意的是，將新文學的源流歐化的蘇雪林，其實所站的高度與視角的廣度，顯然高於胡、周二人。當然，這與蘇雪林自身與

---

[1]　周作人：《中國新文學的源流》，頁54。

「五四」的關係密不可分。「五四」爆發時，蘇雪林才剛從安慶省立初級女子師範畢業，正在家鄉的附小任教，而胡、周二人早已是名滿天下的文化領袖與運動旗手。當蘇雪林來到北京求學時，已經是運動爆發之後的1919年底。因此從年齡、學承上看，蘇雪林無疑為胡、周二人的晚輩，而且在整個運動中，蘇雪林只是一個被邊緣的「旁觀者」或是在地方上的一般參與者，絕不能算是核心人物。由此可知，蘇雪林對於「五四」的認識，明顯又比胡、周「只緣身在此山中」要清晰的多。

但蘇雪林完成《中國文學史略》時，早已不是那個偏居安徽的小學教員，亦不是風頭正健的北師女生，而是一個已從法國留學歸國，並先後在東吳大學、武漢大學執教的知名學者。此時她所站立的高度與視角的廣度，完全已經可以更客觀、全面。因此，蘇雪林歸納出的「五四」乃是在技術、政治之後的倫理道德西化，絕非杜撰生義，而是結合自身立場與「五四」之影響而做出的、相對客觀的判斷。

這種從技術、政治再到倫理的西化，實際上暗含了一個漸進式的「啟蒙過程」。這個過程是由不同的側面所演繹的，「道德」乃是人類最高的意識形態，舉凡一切上層建築，最終都將遵循於道德，因此不但包括政治、思想、藝術亦包括文學。至於文學的話語，文學意義以及文學的寫作意圖等等細節問題，自然也被囊括其中。那麼，蘇雪林的「五四」觀從後來者的角度看，自然是相對較為全面的。

綜上所述，上述三種對「五四」不同的表述範式之研討，實際上可以導向三個結論。首先，事實上，「五四」所產生的動因乃是「啟蒙性」而不是「革命性」的；其次，無論同時代人如何解讀「五四」，其出發點都不約而同地指向「啟蒙」；最後，對上述三種「五四」觀的比較評議而言，蘇雪林對於「五四」發生之解讀，在更高層次上囊括了胡、周二人之論，是相對全面的。

四

儘管正如上文所述，「啟蒙」是「五四」的核心，但無論是中國還是海外，學界對於「五四」的定義，至今都被認同為一種現代性的轉變，這已經成為了一個共識——儘管在不同層面這一轉變所導致的具體方式、影響效應雖有不同，但作為「五四」的發生，這一轉變無疑促就了新文學的形成，這早已被學界所公認。因此，蘇雪林、胡適與周作人三人所持之論雖有迥異，且相互之間均指向「啟蒙」，但在這個相通的宏觀層面，卻沒有任何分歧。

我們再將問題回歸到三種「五四」觀的分歧之中，並結合上文所述，試圖從另一個角度尋求三者的精神共同之處。簡而言之，三者在相似與相異之間糾結不清，對於作為現代性轉變的「五四」呈現出了不同的認識層面。蘇雪林認為是文化的舶來促使「五四」的發生，因此，這種現代性的轉變是文化層面的現代性轉變；但胡適卻主張，是語言的革命引發了文學的革命，但本質上仍是文學進入

了「白話文時代」，此種現代性的轉變，則是語言層面的現代性轉變；周作人與兩者都不同在於，他承認「五四」是現代性轉變，但並非是亙古未有、破天荒的大革命，而是文學精神的變遷，說到底，此現代性乃在於文學精神層面的嬗變。

事實上，「五四」是一場全面的、綜合的社會變革，這種社會變革並非只是文學革命甚至文化革命，而且更多在於政治革命，即重新界定了知識份子在中國日常政治生活中的角色問題，在經歷了乾嘉考據之風後，中國的知識份子在政治生活中的地位一直在日漸旁落，儘管晚清漢官、幕僚的興盛與「公車上書」重新凸顯出了儒家知識份子的意義，但「戊戌變法」這場失敗的革命卻直接地讓更多的知識份子遠離了中國的政治生活。當政治缺乏知識份子參與時，就會更加民粹而非精英，這是不利於現代政治發展的。

我們再將話題回到蘇雪林、胡適與周作人對於「五四」的分析上，事實上，「文學革命」也好，「西學東漸」也罷，本身只是「就五四而論五四」，並非發覺「五四」之於後世之意義。事實上，任何研究者都無法超越自己所處的時代，文學研究者亦無法例外，這便是當代人寫當代史的侷限性。但是，這三種關於「五四」發生以及如何界定「五四」之論，實質上都敏銳地發覺了「文學」與「政治」之間的關係——即「文學」的意義並不在於自說自話，而是形成一種意識形態的群治性干預——無論是蘇雪林意圖對「生活型式徹底改造」，還是胡適對語言文字「應用」層面的強調，或是周作人主張文學應該「傳達思想」，從傳播學的角度看，這些觀

點實際都認同文學的功利性在於傳播以及對其傳播效能的關注，而政治現代性，恰恰強調文學傳播的意義——尤其是以報紙、期刊為代表的現代媒體誕生之後，「五四」的政治現代性更被凸現出來。

在「五四」之後，白話文與攜帶文明的西方各類器物隨之普及，以報紙、雜誌為大眾傳媒明顯增加，為中國知識份子參與政治提供了一條絕好的路徑——即以影響大多數人的形式論政，這在之前是沒有過的。因此，無論是蘇雪林所稱的「生活型式」還是胡適、周作人等人主張的「文以致用」，實質上都在大眾傳媒的發展被凸顯，這要歸功於「五四」的意義，在「五四」之後，以大眾傳媒為標誌的「政治現代性」獲得了轉變與落實，這在意義上是要遠勝於文學革命的。

現代傳媒之於「五四」及整個新文學時代的重要意義，早已為廣大學界所認可。因此，我們所看到自《新青年》到《每週評論》再到《觀察》雜誌的公共性意識，實際上是一種「政治現代性」精神的表達。在白話文被普及之後，文學、語言回歸到了民間，變成了實用主義的一種媒介工具——就在「五四」以後，一批用白話文寫成的政論、宣言伴隨著新興的政治黨派與「五四」的啟蒙精神一道，呈現在公眾視野當中，顯示出了「五四」在政治現代性這一歷程中所扮演的重要角色。

前述蘇雪林、胡適與周作人所持三種對於「五四」的理解，雖恰恰是當時一批「五四」的參與者在解讀「五四」是最常使用的模式，但同時代的研究者仍然發覺了政治現代性之於「五四」的意

義。事實上，任何寫作者在就自己曾經參與過的一段歷史進行書寫時，書寫者往往並不看重歷史本身，而是更多地考慮自己在這段歷史中的角色與地位。因此，書寫者與歷史的對話，並非基於客觀而更多偏向主觀，我們如何重新透過這種主觀來審視歷史真相，則是我們重新解讀「五四」甚至文學史的一個新路徑。

楊昌溪：一位消失的文學家

　　在中國新文學史上，楊昌溪算是一個不為人所知的名字，甚至可以這樣說，在魯迅罵過的文人中，他是最不知名的一個。舉凡被魯迅罵過的如郭沫若、顧頡剛、邵洵美、施蟄存與梁實秋等人，皆為中國新文學史上響噹噹的人物，哪怕被一筆帶過的黃萍蓀、葉靈鳳與向培良等人，其後也都跟隨者為數不少的批研究者與研究論文，但楊昌溪卻成為了一個幾乎「被遺忘」的個案。據筆者統計，迄今為止，學界尚無一篇論文對楊昌溪及其創作有任何性質的專題研究，甚至提到楊昌溪名字的學術論文，都僅有二三十餘篇。當然這由於現存資料太少、而又因為戰亂與政治鬥爭使得相關歷史檔案、文獻一時難以找尋的緣故所決定，但實無疑是新文學研究的一大憾事。

　　因此，對於楊昌溪的研究，有著必要的學術價值。首先，可以從具體作家的角度審理當時知識分子的政治選擇；其次，可以有助於審理晚年魯迅的心態；再次，有助於對新文學史進行有效的補充與完善，使得一些重要且具體的文學事件、歷史問題不再處於「空白」或是「失蹤者」的狀況。可以這樣說，對楊昌溪及其創作實踐的史料鉤沉，既可以從深度上瞭解魯迅批判之動機，亦對中國新文學史若干問題有著管窺的意義。

藉此，本章擬從魯迅批判楊昌溪的雜文〈刀「式」辯〉（下文簡稱〈刀〉文）入手，結合若干新發現的一手史料，以楊昌溪早期文學活動[1]為中心，審理如下三個具體的問題。一，魯迅批判楊昌溪的原因何在？二，楊昌溪在中國新文學史上究竟居於何種地位或應有何種評價？三，楊昌溪對文學領域有何貢獻以及最大貢獻為何？

一

　　〈刀〉文全文不足千字，是魯迅晚年有代表性的雜文之一，最初發表於一九三四年五月十日《中華日報·動向》上，一九三六年六月，魯迅將其收入文集《花邊文學》，由上海聯華書局出版，後收入人民文學出版社出版的《魯迅文集》（第五卷）。

　　這篇雜文從作家葉紫（署名「阿芷」）發表於《中華日報·動向》一九三四年五月六日的雜談〈洋形式的竊取與洋內容的借用——楊昌溪先生的小說是洋人做的〉入手，認為葉紫所揭露楊昌溪的小說〈鴨綠江畔〉（發表於《汗血》月刊第1卷第5期）屬於抄襲法捷耶夫的《毀滅》是有證據的，並非「英雄所見略同」，且進一

---

[1]　此處所言「早期」，特指的是1920-1945年，楊昌溪於1920年負笈留洋歸來後，在《婦女月刊》發表處女譯作談論婦女與工人問題，1945年抗戰勝利後，楊昌溪基本告別文壇，開始專心從事新聞與學術工作，直至1949年楊昌溪完全中止新文學創作，1949年之後，楊昌溪僅有三十首古體詩傳世。

步諷刺楊昌溪「文學家看小說,並且豫備抄襲的,可謂關係密切的了,而尚且如此粗心,豈不可嘆也夫」。[1]

但結合若干史料考辯發現,楊昌溪的〈鴨綠江畔〉抄襲《毀滅》確實「證據不足」,且不說兩部小說從內容、形式上都有很大差異,在敘事技巧、思想深度上也無甚雷同之處。葉紫抨擊楊昌溪的小說乃是對「洋形式與洋內容」的竊取與借用,魯迅在文中也附和葉紫,認為〈鴨綠江畔〉中一句「他那損傷了的日本式的指揮刀在階石上劈啪地響著」與《毀滅》中「在階石上鏘鏘地響著有了損傷的日本指揮刀」屬於「生吞活剝」的關係(而這也是該文命名為〈刀「式」辯〉的緣故)。但筆者認為,魯迅抨擊楊昌溪絕非只因政見不同,而是基於其他深層次原因,種種結合共同構成了〈刀〉文的寫作動機。

首先,法捷耶夫的《毀滅》首先為魯迅所譯,而魯迅一貫又對自己名譽權、著述權等問題尤其敏感,而又是葉紫揭發,使得魯迅對此事不得不「另眼看待」。

通讀兩篇小說,楊昌溪的〈鴨綠江畔〉在一定程度上受到了《毀滅》的影響,這是不爭的事實。但說抄襲,卻證據不足。葉紫在〈洋〉文中,只舉了三個例子,其一前文所述的「日式指揮刀」一句,其二、其三是如下兩組對比:

---

[1]　黃棘:〈刀「式」辯〉,載於《中華日報・動向》,1934年5月10日。

「將這送到夏勒圖巴的部隊去吧」萊奮生遞過一束信去……（《毀滅》）

「來！拿這個到蘇橋隊部去」！金蘊聲……遞出一卷公文來……。（〈鴨綠江畔〉）

「但是，究竟是怎麼一回事呢，隊長同志，一要羈什麼地方去，立刻是木羅式加，木羅式加的。好像部隊裏簡直沒有別人一樣。……」（毀──同頁）

「哦！司令官同志，你叫一叫別人也可以，時常都是李宣廷。好像這隊伍裏只有我一個傳令兵樣。」（鴨──同頁尾）[1]

　　兩部不同的小說中有幾句相似的對白，如何就能認為整部小說為抄襲？在中國新文學的建設時期，類似這類「對白相似」的作品比比皆是，與其說是抄襲，倒不如說是模仿（imitate）或是戲仿（parody），如劉吶鷗的《都市風景線》與橫光利一的《上海》、茅盾的《子夜》與左拉的《金錢》等等。不少作家如茅盾、郭沫若與魯迅本人都在外國文學的影響下進行創作，這類對於舶來文本的借鑒、模仿等寫作形式絕非僅〈鴨綠江畔〉獨有，如若魯迅對於當時每一篇類似作品都要寫篇文章揭露或是響應，這一工作量將他在有生之年都難以完成。因此，對於浩如煙海的類似作品魯迅不會只

---

[1] 阿芷：〈洋形式的竊取與洋內容的借用──楊昌溪先生的小說是洋人做的〉，載於《中華日報‧動向》，1934年5月6日。

看到〈鴨綠江畔〉一篇。

之所以魯迅會寫下〈刀〉文，其中一個很重要的原因是因為葉紫在〈洋〉文中提到了〈鴨綠江畔〉乃是抄襲的「隋譯的法捷耶夫《毀滅》（大江書店版）」——這恰是魯迅以筆名「隋洛文」翻譯的譯本。或許魯迅的不滿正是因看到葉紫的這個說法所激起。

當然，魯迅也非容易被人當作槍使之人，他之所以會響應葉紫的揭發，除卻〈鴨綠江畔〉與其自身的譯著有著密切關係之外，很大程度還因葉紫與魯迅非同尋常的關係。

作為魯迅親手培養的三個「奴隸叢書作家」，葉紫與蕭軍、蕭紅一道，深得魯迅信任。葉紫的長篇小說《豐收》便是由魯迅寫序並尋求出版經費的。當時文壇就有人攻擊「除了稿本是魯迅的小嘍囉窮思極想寫出來的以外，印刷費是魯迅自己掏腰包的。」[1]除此之外，魯迅還時常用自己省吃儉用節省下來的版稅在生活上接濟葉紫。[2]魯迅的關心讓讓身陷不幸婚姻與貧困生活[3]的葉紫覺得感激涕零，在這種複雜的心態下，葉紫自然在日常寫作中會不經意地帶上對魯迅的感恩。

而葉紫對楊昌溪「抄襲」的揭發，實際上也暗含了對魯迅的捍

---

[1] 阿芳：〈魯迅出版的奴隸叢書三種：作者葉紫、田軍、蕭紅〉，載於《小晨報》，1935年12月13日。

[2] 陳若海：〈葉紫生平瑣記——訪葉紫親屬和友人〉，載於《新文學史料》，1979年第5期。

[3] 王竹良：〈一曲淒美的愛情挽歌——葉紫婚姻狀況淺探〉，載於《湖南城市學院學報》，第31卷第4期，2010年7月。

衛。或者更直接點說，葉紫用這種「揭發抄襲」的方式來表示出自己對魯迅的感激，或者以此為證明，表明自己對魯迅的支持態度。他應深知魯迅對於自己譯筆與其他作品的愛惜，這或許是〈洋〉文出爐並引起〈刀〉文支持的另一個深層次原因。

但是，此處還存在一處說不通的邏輯，楊昌溪既非現代史上數一數二的文化名流，也不是國民政府官方的文化要員，為何他如此迅速地成為了魯迅、葉紫共同攻擊的目標？

二

通過對一系列新近一手史料的考辯，筆者認為，魯迅、葉紫對楊昌溪的批判，除卻出於上述兩個頗為宏觀的原因之外，還存在著其他微觀、微妙的動因。

據筆者發現，在1936年出版的《花邊文學》中，〈刀〉文選入時一字未增。但在1949年之後《魯迅文集》的注釋中，該文卻多了一條注釋：「楊昌溪『民族主義文學』的追隨者」。[1] 在這條注釋之後，實際上隱藏著魯迅批判楊昌溪的邏輯脈絡：因為楊昌溪是民族主義文學的追隨者，與張道藩、潘公展一樣，屬於聽從國民政府的「文化特務」。長期以來，中國大陸主流學界也都附和這類說法，認為魯迅對楊昌溪的攻擊，是「文學階級鬥爭」的必然。時

---

[1] 魯迅：《花邊文學》，北京：人民文學出版社，2006年，頁62。

至今日，仍有學者為魯迅這一「打擊反動逆流」的行為歡呼叫好。「而對那些反動的東西和抄襲的現象，魯迅是絕不留情的。上世紀三十年代初泛起一股所謂『民族主義文學』的逆流，魯迅一反多寫短文的常規，寫了長篇論文〈「民族主義文學」的任務和運命〉予以犀利的批判。並在〈刀「式」辯〉一文中，尖銳揭露他們的「大作」〈鴨綠江畔〉抄襲法捷耶夫《毀滅》的行為。」[1]

這類說法之所以風行成定論，皆拜刊〈刀〉文的雜誌《汗血月刊》所賜。《汗血月刊》是國民黨上海黨部管理的一份文學刊物，曾在全國率先提出「文化剿匪」的口號，並在創刊號上發布「文化剿匪專號」，大肆咒罵普羅文學「共匪行動暴亂有國際性、普羅思想流毒亦有國際性」。[2]該刊無疑會招致左翼作家們的痛恨，這也應算是葉紫揭露楊昌溪的另一層心理動機。而且，正因楊昌溪與這類刊物發生複雜的聯繫，並在其後擔任過地方上的報紙主編、電訊社記者等職務，才導致他不但埋沒於中國新文學史，更在1955年之後身陷囹圄近十年之久。

小說家的精神是複雜的，魯迅之所以厭棄楊昌溪，除卻上文所述的三個原因之外，當然還有一個更重要的原因，就是楊昌溪寫文章嘲諷魯迅在先。

---

[1] 張夢陽：〈魯迅文藝理論批評的現實啟悟〉，載於《文藝報》，2011年9月16日。

[2] 編者：〈為剿匪進一言〉，載於《汗血月刊》，第2卷第2期，1933年11月15日。

1932年2月，楊昌溪編輯了一本名為《文人趣事》的書，由上海良友圖書公司出版，孰料此書銷路奇佳，到了同年九月，該書旋又再版，在文壇產生了一定的影響。該書收錄了楊昌溪自己的一篇名為〈魯迅諷刺徐志摩〉的文章，在這篇數百字的文章中，楊昌溪列舉魯迅的三件小事，來刻畫魯迅為人冷漠、傲慢的一面，譬如文中有這樣一段：

> 據說有一個窮青年因為生活沒有辦法，寫信給魯迅，請替他找一條出路，魯迅回信說：「在現社會的環境中，你最好先去做強盜吧！」[1]

　　可以這樣說，在中國新文學史裏，被魯迅罵過的作家多，但敢罵魯迅的作家卻算是鳳毛麟角，更何況楊昌溪這樣初出茅廬的後生？雖寫明是「趣事」，但卻是嘲諷。這樣一篇文章若被魯迅看到，其對楊昌溪的憎恨厭惡可想而知，但從年齡上講，魯迅必然是楊昌溪大十幾歲的的長輩，又是當時文壇舉足輕重的聞人，他顯然無法因為這樣一件事情寫篇文章把楊昌溪罵一頓，但一向「睚眥必報」的魯迅又實在無法咽下這口氣。終於等到兩年後葉紫將楊昌溪送上門，這對於魯迅來說，也是一次很好的還擊機會。

　　綜上所述，楊昌溪諷刺魯迅在先，又在法捷耶夫的《毀滅》的

---

[1]　楊昌溪：〈魯迅諷刺徐志摩〉，見於楊昌溪：《文人趣事》，上海：良友圖書公司，1932年，頁12。

影響下寫下了〈鴨綠江畔〉這篇小說，並發表在國民黨上海黨部主管的刊物上，而且又被魯迅最信任的作家葉紫所「揭發」，這一系列原因共同促使〈鴨綠江畔〉觸怒魯迅並直接使得楊昌溪湮沒於中國新文學史。

　　但是文學史研究歸根結底是歷史研究，歷史研究第一要務就是從歷史本身出發尊重史實、還原真相。因此我們不得不問一個最核心，也最基本的問題：楊昌溪究竟是一個什麼樣的人？

三

　　楊昌溪一九三七年參加國民黨復興社外圍組織「三民主義改進社」，從一九三二年起，先後在《青年戰線》、《九江日報》、「新生活運動總會編審組」……（為省篇幅，省略號為筆者所加，下同）從事反動文化活動。一九四九年重慶解放後，楊昌溪被我人民政府留用。楊先後將上述歷史問題向組織做過交待。以後分到貴陽工作。在貴陽工作期間講過「吃的是青草，擠出的是牛奶」，不屬反動言論。至於原判認定：楊昌溪一九四六年任國民黨區分部書記的問題，經查，證據不足，不予認定……據此，原判處楊昌溪有期徒刑十年，屬錯判，應予糾正。[1]

---

[1]　此為1987年4月6日〈貴州省貴陽市中級人民法院刑事判決書〉（1986年度刑申字第69號），由楊昌溪的孫女楊筱堃向筆者提供。

這是1987年貴陽市中級人民法院關於楊昌溪的〈改判書〉，此時楊昌溪已經辭世十年。這份「改判書」雖然充滿了當時獨特的政治風格，但也確證了一點：楊昌溪只從事過教員、報人等職業，並未擔任過國民政府任何職務，甚至連「區分部書記」（相當於支部書記）這樣的芝麻官也未曾做過。作為一個小有名氣的文化人，這在上個世紀四十年代來說是很難想像的，且不說胡適、傅斯年等人名列中常委、中執委等要職，就連常書鴻、顧頡剛等學界、藝界名流也在國民政府教育部、文化部都擔任一定的職位，可見楊昌溪確實與主流體制有一定距離。

　　「楊昌溪」這個名字，在當下有案可查的任何一部正規出版的辭書、字典中都不見被收錄，[1]批判他的葉紫，早已成為中國新文學界廣受關注的左翼作家，而響應批判的魯迅，更是中國新文學史上最重要的作家之一。兩相對比，楊昌溪確實存在著「名實不符」這一問題。

　　那麼今天再回過頭看，越對楊昌溪缺乏瞭解，魯迅與葉紫批判楊昌溪這一公案則顯得愈疑點重重。畢竟魯迅對邵洵美、顧頡剛、黃萍蓀等人的批判，在當下學界基本上都有了一定的研究成果與若

---

[1]　目前唯一收錄「楊昌溪」為詞條的辭典只有周夢蝶主編的《中外文學家辭典》（上海：樂華圖書公司，1931年）。此外，南通市社科聯研究員欽鴻曾在2012年12月致信筆者，稱其準備由湖南文藝出版社再版的《中國現代文學作者筆名錄》擬收錄「楊昌溪」，欽鴻先生已經病逝，此書亦成未出版之遺稿。

干結論,唯獨對楊昌溪的研究卻依然空白。

其實,根據楊昌溪的一些言論與文化活動,可以看出他在上個世紀三十年代初的政治主張:

> 哥爾德是一個美國左翼文學家和藝術家之群的一個實行家,他於今正努力奮進的從事於工人文學方面的建設,在猶太工人劇場中更可以看出他為普羅塔利亞解放的熱忱,和普羅文化宣傳的強烈……哥爾德和他的群隊是如何活躍,他們的工作是如何深切的投入民眾的隊伍中啊![1]

這是楊昌溪對美國作家哥爾德(Michael Gold,1894—1967)的評述,除了盛贊其為「美國的高爾基」並身體力行翻譯了他的兩部作品《無錢的猶太人》(現代書局,1931年)與〈職業的夢〉(《讀書月刊》,1931年第3、4期)之外,對於羅馬尼亞左翼作家伊斯托拉底(Oanait Istroti,1884-1935)的贊譽,楊昌溪也不遺餘力:

> 他(伊斯托拉底)在某一方面卻是真正出身於無產階級,而在作品行動上是向著革命行進的……他對於革命後的俄國是夢想著有他的新生命在那兒開展……[2]

---

[1] 楊昌溪:〈哥爾德——美國的高爾基〉,載於《現代文學》,1930年第1期。
[2] 楊昌溪:〈伊斯脫拉底——巴爾幹的高爾基〉,同上。

這樣對於普羅文藝、左翼文學充滿熱情的筆觸，很難讓人想到這出自一個被魯迅罵過、並在日後被斥之為「民族主義文藝反動作家」之手，而且他除了身體力行地謳歌國外左翼作家之外，更與一些知名左翼作家保持著密切的聯繫，就在一九三一年，他與左翼作家胡風（署名張光人）共同完成了述評類文章〈太戈爾的近況〉並發表於《青年界》第1卷第1期。

楊昌溪這種政治選擇，實際上與他青年時的成長有很大關係。出生於四川省仁壽縣一戶普通農家的他「自幼聰穎好學，體健善言。因家道貧寒，至當地外國教會學校以工養學」，[1]「新文化運動」時曾畢業於共產黨領導人惲代英擔任校長的瀘縣川南聯合縣立師範學校，上個世紀二十年代初東渡日本求學，期間接受了日本社會主義者如河上肇、山川均等人的影響，開始關注婦女、勞工等問題，並有相關譯作在《婦女雜誌》上發表（這在後文再予以介紹）。

縱觀上個世紀三十年代初的楊昌溪，實在可以算的是一個堅持普羅文學信念的左翼青年作家，但為何他沒有與胡風、周揚一道活躍於左翼文壇之上？要回答這個問題，有一篇文章不能忽視，那就是楊昌溪發表於《絜茜》雜誌上的〈煙苗捐〉。

《絜茜》雜誌由張資平、丁嘉樹等人主辦，楊昌溪為主力撰稿

---

[1] 此語出自於楊昌溪孫女楊筱堃致筆者信。

人，也是該刊的特邀編輯，雖然該刊主張「平民文藝」並對普羅文學有著一定程度的熱愛，但他們卻是信仰「社會民主主義」的「第三黨」，其主要組成者為一批早期社會主義者如鄧演達、張資平等人，但該黨主要的組成者為一些小知識分子、城市商人等存在較重階級侷限性的社會新貴階層，事實上當時的楊昌溪，已經成為了「第三黨」的擁躉之一。[1]

楊昌溪用極富現代主義風格的筆觸，在〈煙苗捐〉展現出了一個單線條、單場景的敘事文本，這實際上反映了當時楊昌溪的政治主張。小說情節跌宕但修辭淺白，講述了新軍閥師長張煥廷與參議吳白林兩人關於「煙苗捐」的對話。在小說中，吳白林曾是受「五四」精神影響的熱血青年，但後來由於受到腐敗政治的誤導，墮落為新軍閥之幫凶，甚至土匪出身的張煥廷還按照吳白林的建議，增設掠奪民財的「煙苗捐」。但是，在討論的過程中，吳白林開始反省自己的所作所為，而良知未泯的張煥廷在潛意識中步入夢境，看到自己最終的結果是被暴動的農民群起攻之而殺掉，從夢中張煥廷遂驚醒，最終決定廢置「煙苗捐」。[2]在〈煙苗捐〉中，楊昌溪認識到了當時受壓榨農民的革命性，但卻將農民問題的解決出路放置到了一個相對溫和、妥協的策略上，即寄託於軍閥們自身人性的萌

---

[1] 關於《絮茜》雜誌的相關研究與介紹，參見筆者的兩篇文章：《鐵屋裏的「吶喊」——以〈絮茜〉雜誌「吶喊詩」為核心的學術考察》（載《長江學術》2012年第1期）與《「遺失的美好」——以〈絮茜〉月刊為核心的史料考辨》（載《長江論壇》2011年第3期）

[2] 楊昌溪：〈煙苗捐〉，載於《絮茜》，第1期，1932年12月21日。

發，進而仁慈到對農民「高抬貴手」，這其實就是社會民主主義者們的「社會改良」政治主張。

由是可知，此時的楊昌溪已經從左翼的普羅文學，逡巡進入到了「社會民主主義」的「平民文學」領域當中，但是好景不長，隨著鄧演達的遇難以及「一・二八」事變的爆發，《絜茜》雜誌停刊、張資平逃往蘇州，楊昌溪也不得不離開上海，遷徙至南昌擔任「江西電訊社」的編輯與《南昌新聞報》的主筆，並在此時完成了〈鴨綠江畔〉。因為這兩家新聞機構有著一定的官方背景，這或許也是魯迅批判他的另一個重要原因。

四

雖然楊昌溪一生中政治選擇飄忽不定，從信仰社會主義到社會民主主義，再到三民主義，其人生也漂泊輾轉多地生活，從四川、日本、上海、南昌再到貴陽，堪稱顛沛流離。但他卻不是困頓書齋之迂夫，也非尾隨政治、深陷黨爭之應聲筒，更非碌碌無為之文壇跟班，而是有著文學理想、文化情懷並為中國新文學與早期外國文學研究做出一些開創性成績的學者型作家。通觀楊昌溪早期的文學活動實踐，根據筆者對相關一手史料的探索與整理，認為楊昌溪對於中國新文學有如下兩個方面的貢獻。

首先，楊昌溪為外國文學的譯介、評述做出了較重要的工作，其學術專著《黑人文學》開創中國黑人文學研究之先河。關於這一

問題，筆者將在後文予以詳述。

楊昌溪早年曾留學日本，後在上海聖約翰大學就讀，因此他有較好的外文功底。在其18歲時，便與金梅筠合作編譯過〈樊迪文夫人論婦女解放及兒童保護〉並發表於《婦女雜誌》第2期，在這一期刊物上，還有楊昌溪自己的處女作〈美國與新俄的女工生活的比較〉。

這兩篇文章都不算是文學作品，只能算是關於社會問題的文獻編譯，他真正的文學翻譯起步於1930年，這一年，他與鐘心見合譯阿爾塞斯基的長篇小說《兩個真誠的求愛者》由支那書店出版，在此之前，他已經由上海金馬堂書店出版了中篇小說集《三條血痕》，收錄了〈寒冬的春意〉、〈鐵皮刀〉等6篇小說——這些作品無一在當時的刊物上發表過。

但從1930年開始，楊昌溪可謂是打開了外國文學研究譯介之門，他在《紅葉周刊》上發表了論稿〈電影明星希佛萊之婦人論〉、並在於《現代文學》上發表了〈哥爾德——美國的高爾基〉、〈雷馬克的續著及其生活〉、〈伊斯脫拉底——巴爾幹的高爾基〉、〈俄國工人與文學〉、〈現代土耳其文學〉與〈瑪耶闊夫司基論〉等一系列有分量的稿子，短短一兩年時間裏，楊昌溪就成為了「在上海出版界比較熟悉，並有一定名氣」並時常接濟同行[1]的青年外國文學研究者。

---

[1] 屈義林：《義林奇遇九十年》，香港：東方藝術中心，2002年，頁94。

其後，楊昌溪在外國文學研究領域內取得了令人矚目的成就，他陸續翻譯了美國無產階級作家哥爾德的系列作品——長篇小說《無錢的猶太人》（由現代書局出版）、隨筆〈卓別林的賽會〉（發表刊物不詳）、短篇小說〈油茶匠底淚〉（發表於傅無悶主編的《星洲日報・二周年紀念刊》）與散文〈職業的夢〉（發表於《讀書月刊》第3、4期），還與聖約翰大學的校友、林語堂的侄子林疑今[1]合譯了德國作家雷馬克的長篇小說《西線歸來》由神州國光社出版。

除此之外，他廣泛關注土耳其、印度與匈牙利等國的文學，陸續有述評類作品問世，並在1933年發表了〈皮蘭德婁之短篇小說〉、〈皮蘭德婁的新劇本與電影〉、〈皮蘭德婁的傳記〉等系列論文於《文藝月刊》，成為了最早介紹皮蘭德婁的中國學者之一，同年出版的學術專著《黑人文學》收入趙家璧編的《一角叢書》，由上海良友圖書印刷公司出版，該著從詩歌、小說和戲劇等不同文體來分門別類地介紹美國黑人文學，如此分門別類地介紹黑人文學在當時的中國尚屬首次。

這樣豐碩的外國文學研究、翻譯成果，體現了楊昌溪不凡的視野，其中許多研究在當時的學術界起到了開創性的貢獻，但可惜的是，由於抗戰爆發，楊昌溪放棄了自己已獲得一定成就的外國文學研究與翻譯事業——他選擇成為了一名報告文學作家。

---

[1]　林疑今（1913.4.9-1992.4.28），曾用名林國光，福建龍溪平和人，生於上海。著名的翻譯家、作家、學者，曾任廈門大學外文系主任。

1937年，全面抗戰爆發。次年二月，他撰寫的報告文學《中國軍人偉大》一書由上海金湯書店出版。除此之外，他還編寫了抗戰報告文學集《在火線上的四川健兒：川軍抗戰實錄》也由金湯書店出版，該著收錄了〈站在國防前線的川軍〉、〈血戰東戰場上的楊森將軍〉、〈孫軍滕縣血戰實錄〉、〈滕縣血戰殉國的王銘章師長〉、〈陳離師長病榻訪問記〉、〈兩下店川軍建奇功〉、〈在西火線上血戰的川軍〉等文章若干，係關於川軍抗戰最早的報告文學專著，並與「枕戈」（真名不詳）合作了《川軍滕縣血戰前後：鄧孫部抗戰實錄》一書。1941年，由國民圖書出版社還出版了楊昌溪另外兩部報告文學作品《大家齊來打日本》與《王銘章血戰滕縣城》──這兩本書屬於「國民常識通俗小叢書」。

　　1945年之後，楊昌溪逐漸告別文壇，開始全身投入到新聞界與學術界的工作中，曾一度擔任過《貴州日報》的總編輯與「國立貴陽師範學院」（今貴州師範大學）倫理學的教授，作為外國文學研究者、翻譯家與報告文學作家的楊昌溪，遠超越了他作為小說家的成就。但我們看到，他這兩重身分恰由特定的時代所決定，無論是外國文學學者還是報告文學作家，楊昌溪都未曾負於這時代的特殊使命。

五

　　傅葆石認為，抗戰時的中國知識分子只有三種選擇，反抗，投

降，沉默，除此之外，沒有它路可走。[1]在這樣的語境下，楊昌溪放棄了自己熱愛的外國文學事業，成為一名報告文學作家，恰是一個知識分子反抗外寇的愛國體現。

我們再回到對〈刀「式」辯〉的解讀中，就會發現，魯迅的批駁雖看似符合各種理由，但他給楊昌溪扣下的「抄襲」大帽子，讓楊昌溪終生都無法翻身，並在晚年多了十年的牢獄之災，而且文學研究界至今都未對楊昌溪有更加深入的研究，這不但抹殺了楊昌溪在外國文學研究中的貢獻，更忽視了他在抗戰期間的卓越表現，這實在不甚公允。對於楊昌溪的進一步研究，可以豐富中國新文學史研究的內涵。

首先，楊昌溪早期文學活動的相關史料及其研究著述，對豐富1949年之前中國外國文學研究史料庫有著一定的意義。

在上個世紀三十年代初，中國的外國文學研究尚屬於初創期，楊昌溪的工作無疑在某些方面有著開創性的意義，雖然他的不少研究存在著誤譯、錯讀等諸多問題，但在大體上反映了一代學人的探索，其中一些研究成果至今仍有借鑒意義與價值。

尤其是楊昌溪對於土耳其、印度、匈牙利與意大利等「小國文學」以及美國黑人文學創作的研究，反映了當時「弱勢民族與小國文學」研究的熱潮，在對這些作家的研究中，楊昌溪積極為同為弱族小國的中國文學尋找發展出路，並將民族獨立、國家強大的希望

---

[1] 傅葆石：《灰色上海，1937-1945：中國文人的隱退、反抗與合作》，劉輝、張霖譯，北京：生活・讀書・新知三聯書店，2012年，頁69。

寄予於文學的發展當中，現在看來這種想法非常不切實際，但是這一系列文章客觀地為後世留下了珍貴的外國文學研究資料，尤其對部分作家如哥爾德、伊斯托拉底與雷馬克等人的研究材料更是非常難得，因為上述外國作家許多具體的細節並不為當下學界所知，而作為同時代的楊昌溪，卻記錄了這些作家的文學活動以及他們的生平細節，無疑這是值得後世珍視並研究的。

其次，對於抗全面戰時期楊昌溪報告文學創作的研究，可以為中國的軍事報告文學提供重要的史料。

抗戰軍興，包括但不限於范長江、吳伯蕭、司馬文森、駱賓基、蕭乾與鄭振鐸等許多知名作家都投身關於抗戰的報告文學寫作，在烽火中般謳歌中國軍民的抗戰熱情，一批優秀報告文學作品如《西線的血戰》（范長江等著，上海雜誌公司，1937年）、《隨軍漫記》（史沫特萊著，上海出版公司，1946年）等等都相繼付梓發行，鼓舞了全社會、全民族的抗戰熱情。這一獨特的寫作題材被後世稱之為「大時代的寵兒」，[1]一些當時的主流刊物如《吶喊》、《筆談》、《改進》、《文藝陣地》與《現代文藝》等期刊相繼推出「報告文學專欄」或「報告文學專號」，與此同時，關於報告文學寫法的教程也有出版，如張葉舟的《報告文學的寫作技巧》（東南出版社，1940年）、周鋼鳴的《怎樣寫報告文學》（生活書店，1938年）等等。

---

[1] 趙遐秋：《中國現代報告文學史》，北京：中國人民大學出版社，1987年，頁60-61。

在這樣宏大的歷史語境下，楊昌溪投身報告文學的寫作當然有著其合理性，正因此，楊昌溪的一系列報告文學作品才顯得更加有時代與歷史的雙重意義。而壯烈豪邁的川軍抗戰，又是當時一個熱門話題，中共早期領導人陳獨秀曾經寫下過〈抗戰中川軍之責任〉（載於陳獨秀的《民族野心》，亞東圖書館1938年出版）並在當時曾引起熱烈反響。一批優秀的報告文學作品亦隨著戰局的變化脫穎而出，如長江的《川軍在前線》（戰時出版社，1938年）、傅雙無的《川軍戰績史料存要》（成都民族學會，1941年）、鶴琴與海燕合編的《川軍抗戰集》（中央圖書公司，1938年）與張善編著的《忠勇川軍》（新新新聞文化服務社，1944）等等，都是當時的代表性著述。但從時間上看，楊昌溪的《在火線上的四川健兒：川軍抗戰實錄》無疑是關於「川軍抗戰」最早的作品之一，也是目前有案可查的、最全面的川軍報告文學集。因此，對楊昌溪報告文學作品的審理，不但有利於對中國報告文學史、新文學史的深入開拓，對於抗日戰爭史的進一步研究也有著較為重要的學術意義。

綜上所述，楊昌溪是中國新文學史上一個有著研究意義的個案，楊昌溪的早期文學活動及其創作成果存在不可忽視的學術價值，對於他的文學活動實踐及其文學史地位，學界可以有不同觀點，但任何人都無法刻意迴避、遺忘他的存在。

晚年的楊昌溪，因為荒謬的「歷史反革命」判決，導致了近十年的牢獄之災。出獄後在「貴陽市中西街道服務站修繕隊泥木石組」做「臨時工」，曾經與魯迅發生過筆戰、在抗日戰場上謳歌救

國的「洋場才子」竟淪落至此，這實在是黑白倒轉的時代悲哀，在他七十歲生日時，曾寫了這樣一首名為〈辛亥生日自壽〉的古體律詩以自抒心境：

八八浮生又一春，百年過半恨殘萍。
流光似水真悠夢，華髮如霜纍億莖。
惡夢縈環空怛惻，好景波逝痛黝深。
古稀七十寧詒我，搔首驚嗟鏡鑒清。[1]

其實，無論是「惡夢縈環」，還是「好景波逝」，何嘗不都是無法忘卻的歷史呢？

六

筆者淺識，若論楊昌溪在文學領域最大的貢獻，既非其著述繁多的翻譯成就，也非抗戰時的川軍報告文學，亦不是其小說、散文創作，而是他一本薄薄的學術專著：《黑人文學》。這是中國早期美國文學研究的重要作品，也是第一部由中國學者完成的非裔美國文學研究著述，其歷史意義不言而喻。

學界一般認為，中國真正意義上的外國文學研究源自於二十世

---

[1] 該詩由楊昌溪的孫女楊筱莖提供，為《楊昌溪先生「文革」遺稿——七言律詩三十首注評》（未刊稿）中的一首。

紀初的小國文學研究。及至1930年代「民族主義文藝運動」勃興時，小國文學研究已成為外國文學研究的重要組成。趙景深、葉靈鳳、邵洵美等學者將波蘭、捷克、土耳其、巴西等「小國」的文學狀況進行了初步的介紹與研究，認為上述國家的文學發展，得益於民族主義思潮的勃興與民族獨立運動的興起。這些研究成果相繼發表於《現代文學評論》、《矛盾》與《前鋒》雜誌上，它們共同構成了早期外國文學的研究實踐。[1]

但其中也有少數學者，主動突破了「民族主義文藝」的話語規制，超越了當時小國文學的研究框架，卻以美國這個大國的族裔文學為研究對象，將左翼視角與「民族／國家」理論有機地結合起來，對美國的社會矛盾、資本主義制度與族裔問題進行了鞭辟入裡的揭露與反思，構成了早期外國美學研究中的左翼之聲。在這些為數不多的學者與著述中，楊昌溪的《黑人文學》當為重要代表。

《黑人文學》不足兩萬字，由上海良友圖書公司於1933年出版，收錄於趙家璧主編的「一角叢書」。該書分為三個部分，第一部分是「黑人的詩歌」，第二部分是「黑人的小說」，最後部分則是「黑人的戲劇」，該著是中國外國文學研究界第一部研究黑人文學的著述，而作為知名左翼出版人的趙家璧，所主編的「一角叢書」也是當時頗具影響的文學類叢書。

該著所研究的主體是由非裔美國人即居住在美國的尼格羅人

---

[1] 宋炳輝：〈弱小民族文學的譯介與中國文學的現代性〉，載於《中國比較文學》，2002年第2期。

（Negro）所創作的文學。尼格羅人俗稱「黑人」，是世界三大人種之一，分佈於世界各地，起源於非洲大陸。由於18-19世紀的販奴貿易，使得美國也成為了世界上最大的黑人聚居地之一。美國的「南北戰爭」（The Civil War）迫使南方的奴隸制瓦解，但種族歧視仍然存在。而且世界第一次經濟危機幾乎與「南北戰爭」同時，為了應付全球化的市場與隨時都有可能到來的經濟危機，大量美籍非裔人因為出身貧寒、受教育程度低，而成為了當時美國工商業社會中的底層勞動者，承擔著最苦、最繁重且收入最為微薄的體力勞動。

《黑人文學》揭露了「南北戰爭」特別是二十世紀初期美籍非裔人在美國社會的真實處境及精神根源。因此，它深入研究了作為資本主義國家的美國，如何站在種族主義的立場上，對同為本國公民的非裔人所進行的剝削與掠奪。這一思想構成了《黑人文學》的主線，也顯示出了早期美國文學研究中的左翼視角。

該著如是闡述美籍非裔人的生活狀況：

> 雖然林肯在形式上給了黑奴們以偉大的自由，雖然在美國白人的統治教育下，有許多黑人成了順民，但大多數的黑人仍要為工錢而做奴隸，而受痛苦。所以，尼格羅工人的痛苦比未解放前並不會如何的減輕，只有虐待的事是一年比一年減少罷了……在過去的一些年代中，黑奴們的民族意識早在奴隸生活中消磨盡了。更兼以美國人利用基督教來麻醉他

們......[1]

此處一針見血地指出美籍非裔人在美國的實際地位，雖然在名義上給了「偉大的自由」，但並沒有在生活、收入與權利上與白人做到平權，因此還是要「為工錢而作奴隸，而受痛苦」，並且他們之所以沒有反抗意識，關鍵原因在於兩點，一是漫長的奴隸時代把他們的民族意識消磨殆盡，二是黑人在美國信奉基督教，找到了精神的慰藉。

僅從出發點而言，就看出《黑人文學》的獨到之處，它關注的對象並非是「去殖民化」，而是一個國家內部的平權問題，即是非裔美國人如何能夠享有白人一樣的權利。在全書的最後，作者引用黑人學者本傑明·布洛勒（Benjamin Brawley）的話，認為美籍非裔人需要一個「定出一個偉大國家的計畫」，需要一個「捍衛我們」的政府，甚至還需要有「選民的居留地」。[2]

因此，《黑人文學》的洞察力，遠遠超過了當時小國文學研究其他著述，提升了1930年代小國文學研究的整體水準，反映了作者的見解與視野。該著認識到，如果沒有公平、合理的社會制度與秩序，一個現代國家並不能讓受壓迫的族裔真正地獲得解脫，關懷底層、訴求公正恰又是左翼政治的訴求。在對黑人詩歌、小說的研究中，該著站在左翼的立場上，深入地剖析了美籍非裔人在美國之所

---

[1] 楊昌溪：《黑人文學》，上海：良友圖書公司，1933年，頁1。
[2] 同上，頁32。

以受到不公正待遇的原因。

　　首先，微薄的收入與卑微的社會地位迫使美籍非裔人不斷去為養家糊口而奔波，淪為了生計的俘虜，已經沒有力氣來抗爭這個不公正的社會。

　　《黑人文學》列舉了幾首佚名的在非裔美國人中所傳唱的詩歌，來闡釋這一問題。譬如他們不得不為了糊口而去出賣自己的廉價勞動力，「是呀！上帝！熱的火雞和強烈的咖啡，呵上帝！這便是我長長地幹著這勾當的原因」；[1]甚至他們不但自己「握著鐵錘死掉」，而且還希望自己的孩子繼承自己的工作，「他向他（的孩子）說的最後一句是，『我要你做我幹過打鐵的工人』」。[2]

　　畢業於西北大學的卡洛惹士（James D. Corrothers）是19世紀後期美國黑人詩壇的代表人物。該著認為，他在〈在關閉的正義之門上〉（*At the closed gate of Justice*）一詩中所反映出的悲觀，實際上反映出了一代黑人的無奈情結。在詩中，詩人無不感歎地哀鳴：「嗚呼！上帝，我們竟造下什麼罪！」[3]

　　但是隨著種族平等運動與世界工人運動的興起，及至二十世紀，已經有一些美國黑人作家開始揭露這種不公正，這種「並不曾有著出路的啟示」逐漸淡出美國黑人文壇，形成了「哈萊姆文藝復興」這一爭取平權、塑造「新黑人」形象的文藝運動。如1900年出生於華盛頓並畢業於哈佛大學的亞歷山大（Lewis Alexander）所寫

---

[1]　同上，頁3。
[2]　同上，頁10-11。
[3]　同上，頁16。

的〈黑兄弟〉堪稱「黑人自述」：

> 囉，我是黑／但我也是個人／我如夜之子黝黑／我如深黯的
> 洞窟般的漆黑／我是一個奴隸種族的嫩枝／他協助建立一個
> 強壯的國家／那你我可以在這世上得著平等的待遇／勇敢和
> 強毅如那立在巨浪潮頭的人們／高高地撐起一枝旗幟／她的
> 飄揚打倒一切人的反對。[1]

　　如亞歷山大這樣受過教育的美籍非裔作家並不少，他們作為
「南北戰爭」之後的下一代，受過高等教育，對於美國社會的不公
正有著明顯的揭露。如從哥倫比亞大學輟學的「哈萊姆文藝復興」
的領導者休士（今譯朗斯頓・休斯，Langston Hughes），在〈我也
是歌者亞美利加〉（*I, Too, Sing America*）一詩的結尾中，以「我，
也是亞美利加；我，也是亞美利加」憤怒呼喊。[2]

　　《黑人文學》直指當時美國社會中「公民」形式下「族裔」間
的不平等，即被掩蓋的種族歧視下的偽善制度。雖然大家都是「亞
美利加」，但卻在社會權利上有著天壤之判。「白人穿著漿燙好的
襯衫坐在陰處」、「主人們始終是騎馬」、「太太們握著伊的白手
玩」，而黑人卻「在地底下挖掘」、「保姆拼命地工作不休」，[3]
這種基於種族的赤裸裸歧視與迫害，在當時美籍非裔作家的作品

---

[1]　同上，頁16。
[2]　同上，頁18。
[3]　同上，頁32。

中，屢見不鮮。

在「黑人的戲劇」中，該著還討論了黑人電影《阿里路亞》（*Heleluah*）、馬惹士（Jonethan Matheus）的劇作《羽毛》（*Plumes*），以及黑人戲劇家保羅‧魯濱遜（今譯保羅‧羅伯遜，Paul Robeson）的戲劇成就。認為以魯濱遜為代表的黑人劇作家是「持著大旗向做人道上飛奔的人」，因為他們的努力，「黑人在白種人的眼中也增了不少的地位。」[1]

由此可知，《黑人文學》是對非裔美國民眾的關懷，是對美國社會種族歧視、社會不公的批判，作者歌頌了「哈萊姆文藝復興」中崛起的一批非裔美籍作家，認為他們對於美國基於種族的階級固化的打破以及對於社會公平、公正的訴求，是促使非裔美籍人獲得更多權益的推手之一，這種超越去殖、民族與國家等政治宏大敘事的左翼視角，豐富了早期美國文學研究體系。

七

左翼視角使得《黑人文學》不但在早期美國文學研究中獨樹一幟，而且之於後世有著一定的研究價值。它反映了當時外國文學研究的多樣化與多元化。筆者認為，之所以《黑人文學》會體現出左翼視角的一面，歸根結底有兩個因素。

---

[1] 同上，頁20。

首先是外因，「黑人文學」研究不但是1920-30年代美國文學研究界的一個熱點話題，更是「哈萊姆文藝復興」在文學研究領域的投影。這是由當時美國經濟危機、社會矛盾加劇導致非裔美籍人追求平等、要求廢除種族歧視的社會語境所決定的。

　　「南北戰爭」之後，奴隸制被廢除，但在佛羅里達、南卡羅來納與北卡羅來納等南方各州，非裔美籍人雖然獲得了選舉權與公民資格，但仍然無法真正地與白人平權。他們在入學、擇業與職務提升上，仍然面臨許多世俗的歧視，直至二戰結束之後的1950-60年代，由黑人民權領袖馬丁・路德・金（Martin Luther King, Jr）所發起的「美國黑人運動」，才在真正意義上掀起了全國性的反抗種族歧視的社會革命。但時至今日，非裔美籍人在美國仍然未能真正地享受與白人平權的地位。譬如在2013年7月，槍殺黑人青年特雷沃恩・馬丁（Trayvon Martin）的白人協警喬治・齊默爾曼（George Zimmerman）竟被判無罪，這一事件引發了美國多個城市的抗議示威活動。

　　1920-30年代的「哈萊姆文藝復興」反映了非裔美國人如何以文學藝術的形式來爭取平權，因此受到了廣泛關注。這一期間，黑人作家、戲劇家與藝術家獨立風騷，如設計杜克大教堂的阿貝勒（Julian Abele）曾是美國當時最知名的設計師之一。

　　因此，「黑人文學」也成為了當時世界學界的熱點。除了該著所引用的三部著述——由加爾佛呑（今譯卡夫頓，V. F Calverton）所主編的《美國黑人文學作品選》（*Anthology of American Negro*

literature，1923）、本傑明・布洛勒所著的《尼格羅人美國小說》
（*The Negro in American Fiction*，1937）以及洛克（Alain Locke）
的《美國文化中國的尼格羅人》（*The Negro in American Culture*，
1933）之外，巴頓（Rebecca Chalmers Barton）在德國出版的《種
族意識與美國黑人文學》（*Race consciousness and American Negro
literature*，1934）一書則是歐洲研究黑人文學的早期經典著述之
一。此外，約翰・尼爾森（John H. Nelson）的《美國文學中的黑
人角色》（*The Negro Character in American Literature*，1926）與
本傑明・布洛勒的《黑人基因：對美國黑人文學與藝術成就的新
評價》（*The Negro genius; a new appraisal of the achievement of the
American Negro in literature and the fine arts*，1937）也是當時該領
域的代表著述。據筆者不完全統計，在1920-30年代，歐美學界出
版該類著述大約三十餘種，其中涵蓋英語、德語等多個不同的語
種，但在中國學界，僅有《黑人文學》一種。

這些著述基本上都基於左翼的視角為非裔美國人爭取平權而呼
喊，這是1920-30年代世界左翼文化運動的一部分。作為資本主義
大國的美國，種族歧視問題一直是一個難以解決但又必須面對的難
題。可以這樣說，如果不能夠將種族間不平等的問題解決好，美國
的民主政治就難以在世界舞臺上具有說服力。而在美國，非裔美國
人又是整個社會基礎建設的重要主體，尤其是南方各州，在物流、
運輸、採礦、紡織乃至日常生活服務各領域，非裔美國人都是主要
勞動力，而且1920-30年代又是美國經濟危機頻繁出現的時段，全

社會為了保持正常運轉，則必須要依賴於非裔美國人的辛勤勞作。凡此種種，決定了「黑人文學」作為一個國際學界的研究熱點，引領當時美國文學的研究潮流。

《黑人文學》大力褒揚了非裔美國作家的成就。「他們對於美國文化的貢獻，對於美國文學和藝術的貢獻，倒反比號稱文明的英國熱鬧和法國人以及西班牙人給美國的還要強烈」，並且使得自己「能在美國文化的主潮上巍然獨立」。[1]這些論斷，實際上與當時美國、德國學者對於非裔美國文學的創作幾乎相當，這也從另一個側面反映出了該著的時代性。

藉此不難看出，《黑人文學》的出版，可以說是中國學界與世界學界的一次對接，也可以看作是當時世界黑人文學研究的一個組成。畢業於聖約翰大學並在日本有過短期留學經歷的楊昌溪敏銳地捕捉到了作為世界文學研究熱點的「黑人文學」之特殊時代意義，尤其難能可貴。

其次是內因，《黑人文學》反映了左翼文藝思潮在當時中國的影響。其「左翼視角」在很大程度上由這一特定時代語境所決定。

正如前文所述，楊昌溪雖然在1930年代參與了「民族主義文藝」創作，並在1936年擔任了「南京新生活總會編輯組組長」，且受到過魯迅的點名批判。但他在1920年代末期卻是一位與左翼文壇有密切聯繫的作家與翻譯家，甚至還曾與左翼作家胡風有過合作，

---

[1] 同上，頁23。

可見左翼文藝思想對其影響深刻。

　　早期外國文學研究的複雜性於此可見一斑。小國文學研究帶動了全國的外國文學研究之熱。但小國文學研究甫一開始卻發軔於「左翼文藝運動」，「民族主義文藝」在其後作為官方意識形態介入，形成聲勢浩大的外國文學（包括小國文學、大國文學與族裔文學）研究熱。作為一種具體的文學研究形式來講，它受社會環境因素影響但卻不為之完全所決定。因此，當時的黑人文學研究，既可是民族主義文藝思潮的影響，也可以因左翼文藝思潮而獲得啟發。

　　不可否認，《黑人文學》中關於族裔文學的描述與論說，有著小國文學研究中族裔文學思想的影響痕跡。但與此同時我們也可以看出它的左翼視角，即對中國左翼文藝思潮的繼承與發揚。一方面，它將對於社會不公、種族歧視與資本主義經濟危機下的階級壓迫予以深刻揭露與批判，另一方面，它又具備著普遍性的底層人文關懷，認為以對非裔美國人的剝削來換取美國經濟的發展，是一種極不人道的行為。這種具有普適價值的左翼視角，在早期美國文學研究當中頗有代表性。

　　因此，長期以來楊昌溪被學界認為是「民族主義文藝」的學者、作家是不準確的，將《黑人文學》標注為有著官方背景的「幫閒作品」也是不恰當的。[1]客觀地看，《黑人文學》是一部深受中國左翼文藝思潮與「民族主義文藝」思想雙重影響、與當時世界黑

---

[1]　張大明：《主潮的那一面：三民主義文學與民族主義文學》，北京：中國社會科學出版社，2010年，頁201。

人文學研究相同步的研究著述，它反映了早期美國文學研究中的左翼視角，理應為後世所重視並重新認識。

<h1 style="text-align:center">八</h1>

誠如前文所言，《黑人文學》雖然不足兩萬字，但卻有著不可忽視的研究價值。因此，本章認為，時至今日，檢省《黑人文學》一書的得失，回顧並反思早期美國文學研究中的左翼視角，對於今日的外國文學研究工作，至少有如下三重價值。

首先，《黑人文學》中的左翼視角，反映了早期外國文學研究的人文關懷，是對「五四精神」中人道主義的繼承與賡續，也是中國現代學術、現代文化的一個重要特徵。時至今日，我們依然要在外國文學研究中追求這種人文關懷。

通觀《黑人文學》全書，與其說是對於黑人文學的關注，倒不如說是對於非裔美國人生存現狀的關心。通過對「黑人文學」的研究，該著描述了一個逐漸正在覺醒，但仍然飽受迫害、歧視的美國非裔民族。當然我們可以從「民族主義文藝」的角度出發，認為該著乃是以洋喻華，認為中華民族在世界上乃與非裔民族在美國一樣，處於最為勞苦、最無話語權之現狀。但不可否認的是，《黑人文學》的左翼視角反映了它的底層意識，這是超越國家、民族的人性視角。面對受到蹂躪、侮辱與欺壓的非裔美國民眾，作者幾乎拍

案而起，痛斥美國白人社會的「醜惡、污穢、墮落、殘忍」，[1]作者的正義感與人文關懷，油然紙上。

當然，一部嚴謹的學術著述，需要的是冷峻客觀的視角，而非作者過多的個人感情，這是《黑人文學》的侷限之處，本章將在後文予以詳述。但人文關懷卻是文學研究特別是外國文學研究中的基本要旨，它決定了研究對象、立場與方式的選取，使得研究成果擁有更加綿長的生命力與影響力。《黑人文學》之所以能夠問世，其中有個很重要的原因就是該著選擇了關懷底層的左翼視角，使得批判現實的人文關懷得以在書中處處體現。

其次，《黑人文學》從左翼視角透視出了世界性、時代性的學術追求。馬克思在〈共產黨宣言〉中曾指出，隨著全球化時代的到來，「民族的片面性和侷限性日益成為不可能，於是由許多民族的和地方的文學形成了一種世界的文學」，「黑人文學」便是這一論斷的明證，它既是美國的族裔文學，更是1920-30年代世界文學研究的熱門話題。而《黑人文學》作為該領域的研究著述之一，代表中國學人在一個時代性的學術問題上發出了自己的聲音。

在1920-30年代，一批有著留學經歷的中國人文社科學者，在譯介西方理論、參與世界學術研究的工作中做出了許多卓有成效的努力。特別在外國文學研究領域，幾乎與國際學界保持了同步。除了《黑人文學》之外，還有張沅長對於瑞恰慈（I A. Richards）

---

[1] 楊昌溪：《黑人文學》，頁19。

《文學批評的原則》（*Principles of Literary Criticism*）的批評（1933）、方重對於十八世紀英國文學作品裡「中國形象」的研究（1926）等等，都反映出了早期外國文學研究世界性、時代性的學術追求。

左翼思潮是1920-30年代世界經濟危機之下的全球性思潮，它發端於日漸興起的工人運動，是工業革命與經濟發展的必然產物。從文學研究的角度看，它既是「哈萊姆文藝復興」的重要推動者，同時還構成了《黑人文學》的研究視角。該著選取了當時國際學界普遍關注的「黑人文學」為入手點，以左翼為視角，結合「民族主義文藝」相關理論，進行了涵蓋黑人詩歌、小說、戲劇的多元研究，但又未拘泥於官方推行的「民族主義文藝」理論窠臼，也沒有單純地對左翼理論進行描述與譯介。這一切與國際學界的研究是同步的。這種基於世界性、時代性的學術追求，在今日的外國文學研究工作中，依然有著一定的積極意義。

最後，《黑人文學》作為早期美國文學研究領域中的實驗性著述，依然存在著自身的侷限性。譬如作者研究視野不夠開闊、摻雜個人情感過多等等，這些問題理應為後來學界所警惕。

與張沅長、方重等人不同的是，楊昌溪並無在西方國家特別是美國留學的經歷（他畢業於聖約翰大學，早年曾赴日本短期留學）。因此，他對於非裔美國人的境遇，更多的是來自於書本、報紙等二手資料，而非親身所看、所感。在這樣的前提下，《黑人文學》的寫作，難免有井觀的一面。譬如他認為在「哈萊姆文藝復

興」之前，「（非裔美國人）卻只在內心感到不平，卻未曾有怎樣反抗的思想」，[1]實際上早自十九世紀中後期開始，非裔美國作家費·道格拉斯（F. Douglass）的小說《我的枷鎖和我的自由》（*My Bondage and My Freedom*，1855）與切斯納特（C. W Chesnutt）的小說《女巫》（*The Conjure Woman*，1899）等鞭撻種族歧視、呼籲社會平權的文學作品已經開始流行，「哈萊姆文藝復興」只是「南方重建」之後美國黑人文化運動的一個高潮而已。

此外，受制於作者研究視野的侷限性，使得《黑人文學》忽視了「哈萊姆文藝復興」中的一個靈魂人物：杜波依斯（W.E. B DuBois）。他是第一個在哈佛大學獲得博士學位的非裔美國人，也是一位傑出的人權活動家與小說家，他的代表作《銀絨的追求》（*The Quest of the Silver Fleece*，1911）與《黑公主》（*Dark Princess: A Romance*，1928）在二十世紀早期美國文壇曾產生了相當重要的影響，因此，對杜波依斯的忽略，使得《黑人文學》在系統上頗顯欠缺。

因為左翼視角佔據上風，以及楊昌溪本人對於非裔美國民眾的同情，還使得《黑人文學》在行文措辭上有不嚴謹甚至不客觀的一面。譬如在論述非裔美國人的遭遇時，作者情由心生，竟宣稱黑人文學中沒有「白種人的痕跡」，[2]實際上在當時不少黑人文學作品中，都有對白種人的細膩描寫，如《銀絨的追求》、《哈倫的陰

---

[1] 同上，頁23。
[2] 同上，頁12。

影》（*Harlom Shadows*，1922）等等，由此可知，這一論斷是有失公允的。

而且更為不當之處在於，作為嚴謹的學術著述，《黑人文學》本不應有任何政治選擇，但卻因作者感情一發不可收拾，而使該著在面對非裔美國民眾受到白人既得利益集團的壓榨、欺凌時，竟然呼籲非裔美國人從美國分裂獨立，建立一個自己的國家。從左翼視角上升為極左，使得該書有了璧瑕之憾。

在書的後半部分，作者鼓吹「要突破一切的困難而建設起一個黑人的國家」、[1]「為了自由與解放，他們非得獨立起來不可了。他們對於上帝的信託已經破滅了，他們知道上帝永遠不會替他們在世界上揀選一個像以色列人那樣的迦南聖地，而一切的事情只有他們自己來幹才行」。[2]無論是作為外國文學研究著述，還是一般性敘述，上述表述明顯是不合適的。非裔美國人在美國的地位需迫切獲得提升是事實，但自「南北戰爭」以來，他們通過努力所付出的收穫也是有目共睹的。在一個現代民族國家中，因為族裔間的不平等即以「分裂」而要脅，這既不符合常理，也有悖於基本底線。外國文學研究的本質仍是學術探索，要做到以理、以證來服人，書中一些因個人感情而闡發的過激言論，是《黑人文學》的一大缺陷。

綜上所述，作為早期美國文學研究的代表作品，《黑人文學》對於外國文學研究史有著重要的意義，對於今日的外國文學研究特

---

[1]　同上，頁18。
[2]　同上，頁20。

別是美國文學研究，依然也有著值得反思與探討之處。因此，重讀
《黑人文學》並對其左翼視角進行反思與總結，意義便在於此。

PART3

出版與大眾媒介

〈七年來的上海雜誌事業〉
與上海淪陷時期的期刊出版

　　近年來，期刊史料這一研究方法一直受到現代文學研究界、出版界甚至思想史界所關注。但制約這一研究的諸多客觀問題亦眾所周知——因歷史久遠、社會動盪、國家幅員遼闊，導致大量一手資料早已散佚各處或喪於戰火、動亂，根本難以尋覓，而且當事人對於相關史料的相關共時性評述也無法找尋。因此，此類研究目前只能做到「群像式」的研究範式，即「以點帶面、見微知著」式的範例研究（Paradigm study），基本上很難做到斷代性的整體解讀。

　　因此，之於上個世紀前半葉的民國期刊研究而言，若有一份「共時性」的參考資料，那麼在研究的過程中必然會事半功倍。但學界也公認，首先，當時中國的期刊出版業核心在上海。但「華洋雜居」的上海先後經歷了「一・二八」事變特別是「八・一三」事變的戰火之後，其市政管理相當混亂，且不說沒有一個類似於「期刊管委會」的機構，連藏書、檔案保管都成為了奢夢，集中性的官方文獻則變得非常有限；其次，當時國民政府新聞管理部門因戰亂而基本停止工作，對於出版的管理、歸檔等諸多行政工作也都停滯。結果導致在當時的上海，一度只要有錢買到新聞紙，便可自己

出錢組稿辦一份雜誌。因此在現存史料中，當時的文學評論、書評廣告易尋，但一份比較完整、客觀地對當時雜誌進行專門評述的歷史文獻卻非常難找，這無疑束縛了「還原文學場」這一研究理想的實現。

　　但筆者發現，1943年的《文友》半月刊曾刊登了一篇名為〈七年來的上海雜誌事業〉（下文簡稱〈七〉文）的評述性文章，這篇文章詳細地綜述了從1937年上海淪陷到1944年上海地區各類雜誌的辦刊類型、出版、發行與作者群等相關因素。全文近萬字，堪稱全面客觀、資料翔實。無疑，對於這篇文章的重讀，之於當下抗戰期刊尤其是淪陷地區文學史料的研究來說，有著不可忽視的重要意義。

　　但由於《文友》半月刊這一期刊難尋，造成了〈七〉文在當下研究界的「被湮沒」。縱觀目前所有的研究論文、專題著述中，僅有華東師範大學魏霄的碩士論文〈《文友》1943-1945研究〉（2008）與南韓淑明女子大學副教授申東順在在《「說」與「不說」之間：上海淪陷雜誌〈萬象〉研究》（2012）對該文予以略提，除此之外，再無相關研究成果對〈七〉文有所提及。

　　鑒於此，本章擬從〈七〉文的主要內容、研究得失與現實意義三方面入手，以考辨史料、鉤沉史實的角度來再讀該文，既意圖喚起學界對於此文以及此類相關文獻的重視，亦試圖審理當時雜誌業研究文獻對於當下期刊史料研究的輔成意義。

一

〈七〉文分兩期先後發表於《文友》半月刊第26號（第3卷第2期，1944年6月1日）、第27號（第3卷第3期，1944年6月15日），作者署名「漱六」。

「漱六」是誰？

我們必須知道的是，這篇縱論1937年以來上海地區雜誌事業的論稿，出言有據、洞若觀火，因此必出自於出版界內「大腕」之手。縱觀晚清以來中國出版史，有兩個頗有資歷的出版人都以「漱六」為筆名寫過文章，一是《大公報》首任主筆方守六（字漱六），一是北新書局經理李小峰的夫人、左翼女作家蔡漱六。前者出生於1870年，待到1944年時已經是74歲的古稀老人，早已寓居天津並閉門不出，不再理會文壇事務，因此不太可能親自執筆撰寫這樣一篇綜論性的稿件；而蔡漱六此時正在上海，並且正處於創作的高峰期，從這個角度看，這篇文章是有可能為蔡漱六所執筆的。當然這篇文章還有一些地方也體現出來為蔡漱六所寫的可能性，這將留待後文再敘。

刊載〈七〉文的《文友》半月刊是「淪陷區」刊物，且在形式上是屬於《華文大阪每日》的「上海版」，因此在意識形態上臣服於汪逆政權。在其創刊號上便有偽教育部次長樊仲雲的論稿〈復興中華與保衛東亞〉一文，鼓吹「中日一家」、「東亞聖戰」，且其

主編鄭吾山是親日派文人，但這並不意味著這份刊物完全、澈底地作為汪逆政權的應聲筒而存在。在兩年多的辦刊時間裏，該刊刊登了除了汪逆高官、附逆文人的稿件之外，還包括一批蟄居滬上的文人如陶晶孫、丁景唐、周楞伽、丁嘉樹等人——甚至還包括徐志摩生前寄給劉海粟的信箋，在這些人中，並不乏有丁景唐、周楞伽等左翼文化界人士——因此這也是筆者認為該文有極大可能為蔡漱六所寫之緣故。故而《文友》半月刊的本質，還是一份「文學雜誌」。

筆者認為，該文的內容有如下兩點具體的特徵。

首先，作者儘管身處「敵營」，在公開刊物中雖無法直接表露出對日本侵略者的憤慨，但其研究結果卻表現出侵略者對於上海文化的虐殺。

我們必須注意一點的是，〈七〉文雖有一些迫不得已的字面政治措辭如「和平文學」、「大東亞戰爭」[1]之外，但作者的愛國之

---

[1] 所謂「和平文學」乃是源於汪精衛集團的「和平運動」。1939年3月12日汪逆發表《和平宣言》，次年3月30日在南京成立偽國民政府。「和平運動」是汪逆當局粉飾其政治圖謀的一項文化宣傳綱領，空洞無物。因此，從屬於「和平運動」的所謂「和平文學」，一直未能形成需要有一定規模的作家作品支撐的文學現象，對淪陷文壇沒有全局性的影響。（見張泉〈試論中國現代文學史如何填補空白——淪陷區文學納入文學史的演化形態及存在的問題〉，載於《文藝爭鳴：理論綜合版》，2009年11期），而「大東亞戰爭」則是日本侵略者意圖獨霸亞洲、對抗英美的侵略殖民戰爭。1941年底，日本對美宣戰，太平洋戰爭爆發。日本官方稱這場戰爭是「為大東亞地區驅趕白人」的「大東亞戰爭」。同年12月12日，日本內閣會議正式決定使用「大東亞戰爭」這一名稱，并由內閣情報局對外公布：「此次對

情仍躍然紙上。該文將自1937年以來的上海雜誌業分為了「兩興兩衰」的四個時期。第一個「興」是1937年「八・一三」之後，其後兩年則日趨而「衰」，而1942年冬至1943年上半年這短短半年多的時間裏，又是「興」，到了1943年之後至1944年，則為「衰」。

作者沒有細談這些年份劃分的依據，只是籠統地說「政治史上有一個大波動，雜誌出版事業照例是要趁機一個時期的」，[1]至於兩次「衰」的原因則共同歸納為「大東亞戰爭發生，和平勢力方普及上海的（民國）三十一年春間，雜誌數量顯然減少，這又相同於（民國）二十六、二十七年間的情形。」[2]上面的時間劃分確實有一定程度的依據。只要侵略者猖狂乘勝追擊時，因為無暇管理期刊業，上海的雜誌事業便興旺，但若侵略者受到重創時，就會抽出時間來遷怒並整肅新聞界，因此上海的雜誌事業便會因此蕭條。譬如兩次「興」便是由於「八・一三」之前1935年「雜誌年」的餘熱與1942年底日軍在太平洋戰場上的獲勝，當然也包括汪逆政權被迫向英美「宣戰」這一政治鬧劇的發生。在侵略者氣數將盡的1944年前後，上海的雜誌事業又一度衰落，作者用了這樣一句話來描述：

美英戰爭，包括中國事變在內，稱為大東亞戰爭。」與此同時，日本內閣設置「大東亞省」，妄圖殖民中國、東南亞等地。因此，無論是「和平文學」還是「大東亞戰爭」都是侵略者美化自己行為、為自己侵略行為找藉口的政治口號。

[1] 漱六：〈七年來的上海雜誌事業（上）〉，載於《文友》，第26號（第3卷第2期），1944年6月1日

[2] 同上。

最近我們常聽人談起，上海的出版界幾乎可說是停頓。文藝單行本不出，學術研究專著更是絕無。撐握這出版界門面的還是只有若干種雜誌。[1]

作者對於侵略者的文化鎮壓之憎恨，行文中可見一斑。縱然加了「大東亞戰爭」、「和平運動」等字面修飾，但愛國之情懷仍清晰可辨。

而且，在雜誌分類上，作者明顯肯定「魯迅風」與左翼作家主辦「純文藝刊物」，對於其他刊物，則基本上不置可否或是加以否定。因此作者不但曲折地表示出了自己的愛國情結，而且態度偏向左傾。

總體而言，〈七〉文的行文風格是冷峻的，沒有口號般短促的語言或過多的貶揚，而是以一種記敘者的口吻進行客觀描述。該文將當時滬上的雜誌分為八種——政治性的刊物、清談派的刊物、純文藝刊物、通俗刊物、「魯迅風」一派的刊物、學術研究的刊物、其他刊物、和平文學刊物的萌芽，此外，作者還對「大東亞戰爭」後的刊物做了一定的評述。

對於這些不同的刊物，作者均做出了不同的論述。譬如認為政治性的刊物過於強調宣教如《自由評論》、《中美週刊》等，使得

---

[1] 同上。

「讀者對這個雜誌的印象都很淡薄」；而「清談派」的刊物如《人間世》、《宇宙風》、《人世間》與《西風》等，雖「開卷有益、掩卷有味」，但因「銷路不佳」而不得不紛紛停刊；「純文藝刊物」則首推葉聖陶、鄭振鐸、盧焚、艾蕪與巴人等人主力撰稿，由開明書店出版的進步刊物《文藝集林》，並且作者表示「這雜誌的水準，在當時一般文藝刊物中算是最高」並認為其與錢君匋主編、有著新四軍背景的抗日救亡期刊《文藝新潮》[1]有著「有點相同」但「技巧則不及《文藝新潮》老練」；[2]至於左翼作家巴人、樓適夷、唐弢等人主力撰稿的《魯迅風》則被評價為「內容精警，是一個優秀的雜誌」。[3]

但對於「和平運動刊物的萌芽」作者則不作任何評價，只是略提了《南風》、《經綸》等刊名，此段篇幅也最短。在「通俗刊

---

[1] 據錢君匋回憶，「（他創辦的）萬葉書店逐漸發展壯大起來，但也引起了日本憲兵司令部的注意。他們查禁了《文藝新潮》，還多次搜查萬葉書店……」，「在孤島辦書店搞出版，錢君匋始終站在進步立場上從事出版事業。所以當時一般讀者把萬葉書店看作『左翼』文壇的一個機構，而共產黨人樓適夷、蔣錫金等人，則把它看成革命的進步『據點』，當時新四軍軍部的人來上海，還把萬葉書店當作一個『聯絡點』。據說，1943年6月，錢君匋在新四軍軍部的朋友李仲融來上海辦事，便在萬葉書店落腳。當時新四軍軍長陳毅曾請錢君匋刻章，於是錢君匋便刻了一方印章，托李仲融捎去。幾年後，上海解放，剛指揮完解放上海戰鬥的陳毅立即派人請錢君匋去面談，讓錢君匋提供一批藝術家的名單。」見（鐘桂松，《錢君匋：鐘聲送盡流光》，　州：大象出版社，2006年）
[2] 漱六：〈七年來的上海雜誌事業（上）〉。
[3] 同上。

物」一段中，作者對於《萬象》雖著墨最多卻不加評述，唯一褒揚的是顧冷觀主編的《小說月報》，認為這份刊物「雖是通俗文學的雜誌，但內容尚可，宗旨亦頗純正。」[1]——我們必須知道的是，顧編的《小說月報》是一份「曲折地反抗日本侵略的愛國思想，文字健康明朗」[2]的雜誌。與此同時，作者對於「學術刊物」與「其他刊物」基本上只羅列刊名、編者，而不加任何評判。在「大東亞戰爭後的刊物」中，作者則感歎「當戰爭發生時，有許多刊物全告

---

[1] 同上。

[2] 此句話見於顧曉悦的回憶文章《紀念先父顧冷觀先生》，在文中顧曉悦還指出，「《小說月報》成功地為上海市民提供新的精神食糧，刊登過為數不少的抗日作品。愛國作家陳汝惠（陳伯吹之弟）曾將朋友從內地傳來的中國空軍抗日的英雄事迹構思成小說〈死的勝利〉，在空軍節完成并發表於《小說月報》。老作家沈寂在散文中除了追述愛國作家陳汝惠〈死的勝利〉一文之由來并且評論了陳汝惠此作是『孤島』時期少有的正面描寫抗日戰爭的小說。沈寂在此散文中進一步報導，之後陳汝惠又在《小說月報》上發了〈小雨〉、〈捕珠手〉等作品。充分反映了作者抗日愛國的熱情。其實當時沈寂在白色恐怖籠罩下曾轉到蘇南加入新四軍，在大學讀書時曾參加學生運動被關進日本憲兵隊受刑罰。他的第一篇小說〈暗影〉就是刊登在顧冷觀主編的《小說月報》上……左翼作家周楞伽當年是文學新人，也是《小說月報》的撰稿人之一。在回憶錄中，他憶及自己曾兩次險遭日本憲兵逮捕。第一次是在1944年秋冬之交，由《小說月報》編者顧冷觀通知，說是毛羽告訴他的。1998年2月新春，周楞伽的文壇回憶文集《傷逝與談往》由其子周允中搜集整理并出版。在此回憶錄上，周楞伽寫到名家陳伯吹也在《小說月報》上寫稿，并代編輯顧冷觀拉稿。1940年，陳伯吹曾用筆名「夏雷」。與丁玲、趙景深、許廣平等一批進步作家一樣，陳伯吹當時也被列入日偽追捕之列。我幼時曾聽父親提起過，日本憲兵找過他麻煩。現在回想起來，這一定與《小說月報》發表抗日作品有關。」

停刊」甚至認為「近年學術研究空氣完全等於零的時期」，如此消極的話語，當顯出作者愛國的文化選擇。

因此不難看出，〈七〉文作者系左翼作家蔡漱六的可能性極大。當然「作者是誰」在以文本為核心的史料研究中看似並不是最核心的主要問題。但須承認的是：在一份淪陷區辦刊且有著汪逆背景的文學刊物上，〈七〉文的作者可以發出這樣不屈的聲音，自當是不容湮沒的鐵屋吶喊。

二

據筆者分析，《文友》半月刊中，主要體裁為散文、小說、政治時評，鮮有對出版界進行評論的文章。且由於人才流動率高、行業依賴性較緊，因此在民國出版界裏，有一個不成文的規矩：除非因為利益、政治原因刻意攻訐，否則基本上不輕易議論出版界的同行，至於批評同行則更是極其罕見。[1]那麼，「漱六」為什麼要寫這樣一篇針對所有同行的文章？

筆者認為，從其寫作意圖出發，可以管窺到〈七〉文的研究得失，進而對該文的現實意義做出一定的分析。

首先，作為當事人、見證者的作者乃是有心留取史料，向後人揭示淪陷區文化政策之黑暗。

---

[1] 胡志亮：《王雲五傳》，臺北：商務印書館，2001年，頁65。

〈七〉文的第二段，是這樣的一句話：

假設從（「八・一三」）事變後算起，上海出版的雜誌到現
在為止，此興彼廢，數目可以說是相當的可觀了。趁這個雜
誌事業蓬勃的年頭，我們不妨檢討自事變以後上海的雜誌界
的變遷，也許對將來文獻史料不無有微小的貢獻吧。[1]

不難看出，作者寫此文並非是寫給當時的人看，而是寫給「後
來者」作為史料參考。因為在這一段之後，作者開始控訴侵略者的
文藝政策之黑暗，先後導致上海地區「文壇極度沉寂，雜誌數目降
到無可再降」、「一直到（民國）三十年冬大東亞戰爭發生，和平
勢力方普及上海的三十一年春間，雜誌數量顯然減少，這又相同於
（民國）二十六、七年的情形。」[2]

無疑，這根本算不得「雜誌事業蓬勃」，作者近似冷嘲熱諷的
之春秋筆法，除卻上述之外在文中許多地方依然可見一斑。畢竟在
當時侵略者勢力強大，戰爭何時結束誰也不知道，作者或有恐日本
侵略者將會篡改歷史之虞，故而留此文傳世。其「揭露當局、留待
後世」的作文目的，實在可以稱得上董狐之筆，可見「漱六」無疑
是有著文化責任與民族道義之文人。藉此，〈七〉文的寫作動機也
就不難理解了。

---

[1] 漱六：〈七年來的上海雜誌事業（上）〉。
[2] 同上。

其次，正因從「將來文獻史料」計的寫作目的，使得〈七〉文仍難免有片面之處。

〈七〉文橫跨「八·一三」事變之後七年，八年抗戰它覆蓋了八分之七的時間，因此這篇文章完全可以算的上是一篇「抗戰時期上海地區期刊發展簡史」。「兩興兩衰」的總結我們至今看來仍有受用之處，而且一批刊物如《中美週刊》、《文藝新潮》等現在看來「被邊緣化」的刊物，在那時卻屬於「中心」，因此，〈七〉文是有助於我們對於當時文學狀況、文學場權力結構的全面理解的。

但筆者認為，〈七〉文的片面之處，在於如下兩點。

首先是作者對於「人道主義思潮」的忽略，導致了只看到政治與文學的客觀關係，而忽略了文學自身內在的發展規律。

在「八·一三」之後，上海的雜誌事業確實存在著一個高潮，但這個高潮的主力推動者是巴金、鄭振鐸等人道主義知識份子創辦的「文生社」。文學歸根結底是人學，戰爭促使人道主義的勃興是「八·一三」事變之後中國文化界一個非常關鍵的命題。民族救亡、階級鬥爭等諸多思潮紛爭最終都雲集到了「人道主義」的大旗之下，進而一道匯入到世界反法西斯戰爭的洪流當中。由巴、鄭兩位人道主義作家領銜，聯合譯文社、文季社等四大出版社合力出版的《吶喊（烽火）》雜誌，在「八·一三」事變之後曾崛起於上海、廣州兩地的雜誌界。但不知是因為政治原因還是因為其他原因，該文沒有提及，這是比較遺憾的。

其次，「兩興兩衰」的提法雖然精煉且有受用之處，但筆者卻

認為卻有失偏頗。

一則「興」之提法似有不妥。「八·一三」前後的上海出版業，因為遭到高壓殖民政策、兼之文化人大量流失，本身就非常萎靡不振，其「興」亦是「衰」。在事變前後，一系列刊物相繼被迫停刊、終刊，如黃源主編的《譯文》月刊（1937年6月終刊）、魯少飛主編的《時代漫畫》（1937年6月停刊）、卞之琳等主編的《新詩》（1937年7月10日停刊）、錢瘦鐵等主編的《美術生活》（1937年8月1日停刊）、朱光潛主編的《文學雜誌》（1937年8月1日停刊）、黎烈文主編的《中流》（1937年8月5日停刊）、洪深與沈起予主編的《光明》半月刊（1937年8月10日停刊）、傅東華主編的《文學》月刊（1937年11月10日停刊）以及在1939年《大美晚報》文藝副刊《夜光》編輯朱惺公遭到暗殺。[1]如此語境，「興」之論實有「當局者迷」的井觀之嫌。

二則縱然有看似「興」之「小高潮」，其儘管這與侵略者在戰場上受挫，導致其無暇顧及出版業有一定關係，但構不成決定性條件。我們知道，在「八·一三」事變之前，上海地區的出版業已經有了數十年的發展，可謂是相當地健全發達，並輻射到北平、南京、武漢、廣州、杭州、重慶乃至香港等地。杭州的雜誌在上海辦

---

[1] 如上資料來自於E. Gunn的 *Unwelcome Muse: Chinese Literature in Shanghai and Peking*,1937-1945（New York：Columbia University Press，1980年，頁12）以及Christian Henriot的 *Shanghai 1927-1937:Elite locales et modernization dans la Chine nationaliste*（Berkeley&Los Angeles：University of California Press，1996，頁96）。

刊、上海的刊物接納外地作家的稿件、重慶的雜誌刊登漢口的產品廣告，以及一份漢口的刊物銷往全國各地，早已不算什麼難事，甚至已有江浙財閥為上海的刊物注資、入股等商業運作之行為，因此「八・一三」之後，儘管上海一地的辦刊受挫，但編輯、作家卻輾轉重慶、桂林甚至香港等「大後方」辦刊，部分刊物還日趨壯大，並重新輻射到上海地區。

作為「淪陷區」的上海，其本地期刊業當是中國期刊業的一部分。它的發展在很大程度上依賴於當時全國期刊業的總體狀況，這皆因它們同屬一個大市場。〈七〉文也發現了這個問題，譬如對於《宇宙風》後來遷到桂林的《宇宙風乙刊》、《人間世》編輯部後來發行《人間世》等等，有了相應的提及，但卻並未就當時全國的期刊業做一個總描述作為論述上海雜誌事業的前提，這無疑是整篇文章的白璧微瑕。

三

學界認為，現代出版業與大眾傳播的技術改變了經典文本的確立形式。因此，中國現代文學研究與古代文學研究在方法論上最大的差異在於，前者必須要依賴於文學的生產、傳播與消費進行社會學的審理。故而對出版、編輯等學科之於中國現代文學研究有著重要的意義。重新發現關於出版、編輯與新聞史的散佚文獻史料，有助於對於現代文學場域進行更加全面、真實的把握。最後筆者通過

對〈七〉文的再讀，粗略總結如下兩點心得，獻教於大方之家。

首先，〈七〉文較為真實、客觀地再現了當時的文學場域及其權力分配。儘管有些地方不太全面、準確，但仍有著較為重要的參考意義。

作為一篇共時性的歷史文獻，〈七〉文的作者顯然是根據當時上海雜誌業的具體狀況並結合自己的參與活動進行闡述的，而非來自於道聽塗說或二手資料。我們可以看到，該文的舉例、論述以及詳略選擇，之於目前學界的認識而言，還是有一定差距的。譬如對於政治類刊物《中美週刊》、清談派的《天下事》與學術刊物《中美週刊》等等的論及，目前我們看來非常陌生。畢竟在當下文學史、思想史研究領域中，這些刊物基本上早已被忘卻。

基於此，對於〈七〉文中所提到但現在卻已經被忽視的作品、期刊，我們應當引起重視，儘管時間是確定文學經典的重要因素，但研究者也不應該忽略在當時產生影響但被後世遺忘的文學期刊、作品與作家，挖掘這些文學史要素並予以「還原文學場」，也是文學史料研究的使命所在。

有些刊物在〈七〉文中被提到且在當下依然屬於研究熱門的《紫羅蘭》、《西風》等等，這裏不再贅述。但該文依然提到不少並不為當下研究界所熟知的期刊，如《正言教育月刊》、《新文藝月刊》等等。筆者認為，研究者既可以研究這些刊物在當時有影響的理由，也可以關注它們緣何失蹤於當下學界的原因。

其次，作為當時出版界代表研究著述的〈七〉文的被發現，之

於當下文學史料研究界而言則是一個契機，學界對於文學史料的挖掘、整理、保存，既要關注史料本身，也要關注當時對於這一問題的研究現狀，在學科研究的層面上進行比較。

民國期刊千頭萬緒，種類繁多，若是不著邊際地大海撈針，則很難獲得有效的研究資訊，而且也無法深入地研究問題，但哪些刊物有研究意義？哪些刊物在當時有影響？能夠真正有資格回答這些問題的，並不是我們這些當下的研究者，而是歷史的見證人——即作為參與者的出版人、作家在當時所寫的一些文章。

作為後來研究者的我們，不但要重視期刊、廣告、書信等史料本身，還要關注當時出版業的動態，積極地搜集新聞史、期刊史的相關史料，進而補充研究的課題。就抗戰時上海地區期刊的研究而言，今天我們所看重的一些期刊，恰恰是〈七〉文中並未提及的，而〈七〉文論及的許多編輯者與雜誌的名字，我們又聞所未聞。正如前文所述，筆者並不認為〈七〉文的作者有何高明之處，該文確實也存在著一些無法迴避的問題，但是我們又不得不承認，〈七〉文毋庸置疑地為今後抗戰時期上海地區期刊業的研究，著實打開了另一扇塵封的隱秘之門。

雙向啟蒙：現代印刷技術與晚清市民文學

　　近年來，以偵探、冶游、市井生活以及科幻為題材、包含散文、小說、新聞軼事、竹枝詞等不同體裁的晚清市民文學構成了和海內外中國文學研究的一個熱點，它綜合地反映了早期全球化時代中國文化的現代性轉型。歷史地看，這既是對中國傳統市民文學、章回小說的精神賡續，也是受租界文化、都市文明的影響而形成的新興文化形態。

　　從不同的角度研究晚清市民文學，造就了其成為學術熱點的一個重要原因。但我們無法忽視晚清市民文學的一個重要特徵：現代印刷技術的介入。這是完全有別於先前任何一種文學形態的獨特特徵，唐詩、宋詞、元曲、明清話本小說，莫不是通過繁複的口耳相傳、「場上案頭」的二元舞臺藝術以及傳統的書籍印刷而廣為人知並代代流傳。而晚清市民文學，則是憑藉現代印刷技術向都市中的人群傳播，反映了大眾媒介扮演促使中國文學現代化轉型的角色，其本質則是現代科學技術對文化現代化進程的影響。

　　可以這樣說，現代印刷技術是中國新文學得以存在的前提，而晚清市民文學又構成了新文學的先聲。因此，現代印刷技術與晚清市民文學共同踐行著當時的社會啟蒙重任，兩者之間構成了一種

「雙向啟蒙」。

本論所提出「市民文學」這一概念，有別於傳統學界對於晚清近代文學的定義，而是對茅盾《中國市民文學概論》中「市民文學」這一定義的繼承與重構，即重視「市民文學」的現代性（即茅盾所說「反封建性」）的一面。近代西方文藝復興時代以後的資產階級文學相呼應的文學樣態，而非一種既定的題材與體裁，它的創作主體與主要受眾是中國社會的新興階層——市民，其中還包括相當一大部分為了生計而賣文的無名作者。[1]因此，市民文學是都市文明的重要產物與城市文化的主要組成，它綜合地反映了中國近代文學的重要特徵，即市民性。[2]

「現代文學很大程度上是以市民文學為先導」。[3]正如前文所述，本文所言之市民文學，並非狹義的「市民文學」概念，即僅以諷刺中世紀神權、揭露教會階層腐敗、同情小市民生存境遇的文學作品為主，而是力圖打破歷史的藩籬，試圖定義廣義的「市民文學」概念。晚清的「市民文學」是五四「平民文學」的先聲。進而認為：在現代文學體系中，任何具備市民意識、反映市民性並在城

---

[1] 茅盾：《茅盾文藝雜論集》，上海：上海文藝出版社，1981年，頁843-849。

[2] 茅盾認為，「真正的市民文學為市民階級的無名作者所創作，代表了市民的思想意識，並且為市民階級所享用欣賞，其文字是『語體』，其形式是全新的、創造的」（同上，第844頁）。而這恰反映了晚清市民文學的一個總體特徵。

[3] Gerald Graff：*Professing Literature: An Institutional History*，Chicago: University of Chicago Press，1989年，頁99。

市中廣為流傳的文學，皆可列入市民文學這一廣義範疇。

市民性是十九世紀以來世界文學的一個總體特徵，它決定了文學在傳播過程中的公共性、現代性與大眾性，深刻地反映了早期全球化時代人類意識形態與審美活動的重要特徵，以及文學作為上層建築與都市文化、工業文明等不同意識形態的密切聯繫。從文藝復興前後的薄伽丘的《十日談》、莫里哀的《偽君子》，到十九世紀巴爾扎克的《人間喜劇》、小仲馬的《茶花女》等等，幾乎都是以市民喜聞樂見的通俗形式、借助現代印刷技術與新興的報刊傳播方式，以揭露社會現實、提供市民消遣、批判權臣貴族與富翁的市民題材為主的文學作品，這與晚清的「市民文學」有著極其相似的一面。因此，審理晚清中國文學，難以僭越「市民性」這個範疇。

為試圖釐清這一問題，本論擬從如下三個方面闡釋現代印刷技術對晚清市民文學的影響。首先，現代印刷技術如何催生了晚清市民文學？其次，現代印刷技術的啟蒙性究竟如何體現出來？最後，現代印刷技術究竟與晚清市民文學產生了何樣的「雙向啟蒙」意義？

一、現代印刷技術與晚清市民文學的發生

「活字印刷」是中國貢獻給世界的「四大發明」之一，但本文所論之「現代印刷技術」則是舶來的。

無論中西方，印刷都是源遠流長。中國漢魏以來的佛經、四書五經的印刷與歐洲經院時代的《聖經》及其他基督教典籍的印刷，

構成了封建時代世界印刷水準的高峰。但這些印刷都不是本文所論之現代印刷技術。

現代印刷技術必須是依賴於現代科學技術，即第一次、第二次工業革命所帶來的新工具、新方法與新技術，而非依賴於原始的人工與苦力。兩次工業革命，大大解放了生產力，將人類從複雜、單調、繁重、瑣碎的勞動中解放了出來，當然也包括印刷產業。

就歐洲而言，工業革命帶動的現代印刷技術，為市民文學、啟蒙文學帶動了傳播的動力。1455年，古騰堡（Gutenberg）印刷術發明，將機械工業引入到了印刷技術當中，其後印刷技術曾一度長期陷入停滯當中。1620年，荷蘭阿姆斯特丹的布萊歐對印刷機做了重大改進，被譽為「荷蘭印刷法」的新印刷技術，與即將到來的工業革命一道，成為了文藝復興之後，歐洲大陸上推動人文主義走向高潮的一道重要的風景。

我們現在看到中世紀後期及文藝復興之處風靡歐洲的市民文學薄伽丘（Giovanni Boccaccio）的《十日談》、胡滕（Ulrich von Hutten）的《蒙昧者書簡》等等，顯然與當時最先進的印刷技術密不可分。但真正意義的現代印刷技術卻遲來於1846年，即以美國的R.M.霍公司研製並投產的輪轉式印版與圓筒式印刷機為標誌，它有效地改良了1798年奧地利人施納菲爾特發明的石印技術。十八世紀末，瓦特（James Watt）改良了蒸汽機並將人類帶入到了蒸汽時代。1822年，美國波士頓的一家印刷廠首先在印刷機上採用蒸汽機動力。這為批量、規模化的大型印刷提供了條件。

印刷技術獲得了新的突破，與新興的商業社會有機地融合到了一起，藉此機會，市民文學也就上升到了一個新的臺階。以巴爾扎克的《人間喜劇》、司湯達的《紅與黑》、大仲馬的《基督山伯爵》、小仲馬的《茶花女》以及果戈理的《死魂靈》等等，均風靡當時歐洲各國，從一國文學變成了多國文學。譬如大仲馬的出版商兼知名印刷工程師米舍爾・列維，曾將大仲馬的作品印刷數十萬本並銷往歐洲各大城市，使得大仲馬因為寫作而成為巴黎的富豪之一，並在歐洲形成了以巴黎為中心的「大仲馬熱」。

　　前文之所以贅述歐洲現代印刷技術與市民文學的關係，乃是為了表明：在現代社會，現代印刷技術與市民文學。我們一方面無法忽視資本主義時代所帶來便利的貨幣流通制度、新興出版制度與蓬勃發展的市民社會為市民文學的傳播所打下的基礎，但同樣也無法忽視現代印刷技術的重要意義。

　　歐洲如此，晚清亦不例外。中英《南京條約》、中美《望廈條約》之後，現代印刷技術從歐洲、美國及日本通過通商口岸來到中國，由洋務派、買辦、民族資本家或外國商人、傳教士開設的現代印刷廠上海、武漢、南京、廣州與香港等地相繼出現。在這個過程中，美北長老會傳教士姜別利（William Gamble）在十九世紀六十年代主持的寧波「美華書房」貢獻尤為卓著，他發明了用電鍍法製造漢字鉛活字銅模，製造出了一至七號大小的七種宋體鉛字，世稱「美華字」，被沿用至二十世紀中葉，1872年，英國人美查（F. Major）在上海辦《申報》及「申昌書局」推廣石印技術，使得現

代印刷技術在中國又獲得了極大推廣。[1]十九世紀七、八十年代，寧波商人開辦的「拜石山房」與廣東商人徐潤複的「同文書局」相繼引入石印技術，「此地（廣州）在外（國）人經營下的印刷所已引起華人的愛慕，我們聽說他們也辦了一個印刷所，與之競爭」、「以往四年以來，此間一家石印書局營業十分興隆」，而且「上海現有石印書局四五家，用蒸汽機石印法已印成中國著作數百種，其所印的書行銷全國。」[2]至此，現代印刷技術開始在中國開花結果。

現代印刷技術的勃興，隨之也促進了出版業的發展與形式的創新。1884年，《申報》旗下的《點石齋畫報》創刊，首創「畫報」這一新興形式，刊登了如熱氣球上天、摩天大樓等市民喜聞樂見的圖畫與文字，爾後，《時務報》在1896年開始刊載《英國包探訪咯迭醫生案》、《記傴者復仇事》等國外偵探小說。這類作品在滬上乃至南京、武漢、廣州的市民間廣為流傳，這實際上已經構成了晚清市民文學的先聲。

在此之後，以《新小說》（1902年）、《繡像小說》（1903年）、《月月小說》（1906年）、與《小說林》（1904年）為代表的小說雜誌以及與北京的《啟蒙畫報》（1902年）與《開通畫報》

---

[1] 汪家熔：《中國出版通史・清代卷（下）》，北京：中國書籍出版社，2008年，第120-125頁。

[2] 以上三則引自於宋原放：《中國出版史料・近代部分・第三卷》，武漢：湖北教育出版社，2004年，頁404。

（1906年）、廣州的《時事畫報》（1905年）、上海的《東方雜誌》（1904年）、《世界日報》（1908年）和《圖畫日報》（1909年）等畫報相繼創刊，成為了晚清市民文學傳播的載體。

上述這些畫報、小說雜誌以及書局均相繼出版了為數不少的市民文學，當中既包括以《新中國》、《空中戰爭未來記》為代表的科幻小說、以《華生包探案》為代表的偵探小說，以及《海上花列傳》以為代表的情色小說——如吳趼人、李伯元、韓邦慶等「落第舉子」都是憑藉創作這樣題材的小說而成為滬上文化名家。此外，也包括以《滬上商業市井詞》為代表的洋場竹枝詞、以《人境廬詩草》為代表的新派古體詩等「舊瓶裝新酒」的傳統文學作品，共同成就了晚清市民文學的萌芽與發展。

而與此同時的是，代表現代印刷技術的「古騰堡印刷法」在當時的上海非常流行，十九世紀中國已經有了十九種凸版、平版與凹版的印刷媒介，其中十三種率先在上海使用，而當時的商務印書館使用了七種，在二十一種印刷機和印刷機械中，有十五種率先在上海使用，十六中現代印刷形式，商務印書館一家就擁有六種，這充分反映了十九世紀末上海印刷技術的勃興程度，[1]而這又與晚清市民文學的發展有著密不可分的聯繫。

由是可知，現代印刷技術是現代出版業得以發展、創新的基礎，並為市民文學的傳播創造了先決條件，從歷史與邏輯的雙重角

---

[1] 芮哲非：〈印刷與出版史能為中國學研究增添什麼〉，載於《中國學研究季刊》，試刊號。

度來考量，市民文學成為了思想啟蒙運動的前奏，當中現代印刷技術顯然功不可沒。這一切正如曹聚仁所說，「一部近代文化史，從側面看去，正是一部印刷機器發達史。」[1]但現代印刷技術的啟蒙意義究竟如何體現呢？這將是後文將要重點解答的問題。

二、啓蒙性：現代印刷技術啓的表現特徵

若論現代印刷技術的啟蒙意義，則無以僭越「啟蒙」二字的內涵。

康得認為，啟蒙的意義，是促使一個階層或是整個人類社會「脫離不成熟的狀態」，[2]這一說法為大多數人所認同。由此可知，啟蒙的主體可以是少數人，但客體並不能是少數人，而是大多數人。

在晚清之前的古代中國，印刷技術相當落後，儘管有坊刻、官刻與私刻三種方式存在，但仍然無法滿足廣大讀者的需求，印刷品依然是文人唱酬、官府使用、寺廟收藏的奢侈品。就中國鄉村的廣大家庭而言，最多的印刷品無非是黃曆、醫書、占卜之類的讀本，或孩童的啟蒙讀物。即使鴉片戰爭之後，租界文化開始萌芽，但現代印刷技術仍未成規模，使得開埠地區的華人仍然無法感受到現代

---

[1]　曹聚仁：《文壇五十年》，上海：東方出版中心，1997年，頁66。
[2]　[德]康德：〈什麼是啟蒙運動〉見於《歷史理性批判文集》，何兆武譯，北京：商務印書館，1990年，頁72。

知識、文化的傳播。

　　自十九世紀八十年代現代印刷技術在香港、上海、廣州與重慶等地出現並漸成規模之後，中國的城市文化（或曰「都市文明」）也相對較為成熟，以新派文人、買辦、職員、手工業者以及工人為代表的市民階層亦隨之興起，市民文學借勢應運而生。正如前文所述，現代印刷技術在催生、繁榮市民文學這一層面上，有著較為重要的價值，並踐行了啟蒙的歷史功能。筆者認為，現代印刷技術的啟蒙作用，有如下三點。

　　首先，現代印刷技術引入了工業革命所帶來的現代科技，有效地提高了印刷效率，降低了對於人力的耗費，客觀上平抑了印刷品的價格，使得都市文明、現代文化能夠借助新的科學技術，有效、廣泛地普及開來。

　　在晚清之前的嘉慶年間的長三角地區（該地當時並沒有一家公共圖書館），最普通的一本書竟然要價七百五十文錢——而且這是最便宜的書之一，[1]可這仍是當時當地一石米（約合60千克）的價格。[2]毫無疑問，當時只有相當少數的書香門第的子弟才有機會讀到全套的《二十四史》與四書五經等大部頭經典著述。但是，就在嘉慶之後不足一百年的光緒年間，《上海新報》的每份銷售價格是

---

[1]　袁逸：〈清代書籍價格考──中國歷代書價考之三（上）〉，載於《編輯之友》，1993年第4期。

[2]　Yeh-Chien Wang：*Land Taxation in Imperial China*，1750-1911，Cambridge：Harvard University Press，2013年，頁45。

銅錢三十文,而《申報》新創時的零售價格每份僅售銅錢八文,價格僅為嘉慶年間一本書的百分之一左右。[1]

不只報紙如此,相對於康乾時代而言,清季民初的書價也幾乎跌了大半。在1900年代,絕大部分小說如《美人煙草》、《香粉獄》等等,均每冊低於銀洋3角,如果算上貨幣貶值率,這只相當於康乾年間書價的十分之一都不到。而且現代印刷技術使得圖書更容易保管、存放與流通,像早期維多利亞時代一樣,新興的圖書租賃行業在滬上悄然興起:

> 新小說有租閱的地方。租價是很便宜,只取得十成之一。聽說是一個某志士創辦的,這某志士開辦這個貰閱社,專為輸灌新知、節省浮費起見。⋯⋯這招牌兒叫著「小說貰閱社」,就開在英界白克路祥康里七百九十八號。他的章程很是便利,你要瞧什麼書,只要從郵政局裡寄一封信去,把地址開寫明白,他就會照你所開的地方,立刻派社員遞送過來聽你揀選,以一禮拜為期。到了一禮拜,他自有人前來收的。你只要花一成的貰費,瞧一塊錢的書只要花掉一角錢就夠了,又不要你奔波跋涉,你想便利不便利?我們號裡已貰閱了四五年了,好在這小說貰閱社裡各種小說都全。今日新

---

[1] 徐載平、徐瑞芳:《清末四十年申報史料》,北京:新華出版社,1988年,頁106。

出版的，不到明日他已有了。[1]

　　現代印刷技術大大地降低了閱讀的門檻，大量市民成為了期刊、圖書消費的主體。現代印刷技術與出版業一道，形成了一個相對較為完整的供求關係鏈。在這樣的語境下，現代印刷技術自然扮演著平抑價格、活躍市場的重要的角色。它促使更多的人通過閱讀紙質印刷品來獲得知識、增長見識或進行工作之外的消遣。現代印刷技術下的市民文學普及了都市文明、現代文化甚至科學思潮，成為了社會啟蒙的重要原動力。

　　其次，現代印刷技術豐富了出版物的品種、數量與形式，書、報、雜誌乃至傳單、畫報、海報、廣告等各類印刷品以不同形態、不同題材傳播市民文學，以多元化、多角度、多層次、多管道這「四多」方式啟蒙廣大市民。

　　眾所周知，在晚清之前的中國，「書」幾乎是唯一的知識載體，而現代印刷技術尤其是圖片印刷技術、石印技術與現代裝幀技術興起之後，西方的報刊雜誌、傳單海報等各種各樣的現代印刷品都被引進至中國，成為了市民文學重要的傳播載體。

　　這些印刷品，有的以圖畫為主，有的以文字為主，有的圖文並茂，有的單純是各種各樣的漫畫或照片，但它們都共同反映了一個主題：現代都市文明。對於不同受教育水準的城市居民來說，他們

---

[1]　陸士諤：《新上海》，上海：上海古籍出版社，1997年，頁47。

可以在這樣一個龐大的「知識庫」裡各取所需，獲得自己感興趣或是需要的內容。「」

從文學理論的角度看，市民文學與校園文學、軍事文學等其他文學樣態最大的差異就是，它本身是一種多元化、多層次的文學系統。當中既有品格較高的譴責、公案小說，或傳播現代生活方式與社會公德的古體詩與竹枝詞，也有格調不那麼高的偵探、科幻文學作品，當然，它也包括品位較低的豔情、鬼怪小說與低俗的豔詩。但總體來說，這些作品在內容、形式上都是有別於中國封建時代的「禮樂教化」精神的，並宣導人性、弘揚現代文明與現代生活方式，在客觀上構成了啟蒙的歷史意義。

現代印刷技術促使書商們不斷尋找「妙趣橫生」的作品，這是從晚清至民國期間中國出版業一個近似普遍的共性。這一切正如郭沫若所說，「於是乎秘術橫生，（書商）以青年幸進之心為鉤釣讀者之餌……極力探求讀者的歡心……這可見我國編輯者之墮落心罷了。」[1]清季民初的市民文學生產，實際上正是由現代印刷技術催生，但又由作為消費者的廣大市民所主導。

不寧唯是，現代印刷技術所催生出的，恰是讓市民文學可以以「四多」方式傳播的載體。這在相當大的意義上彰顯了中國近代文學的特性，它是與「五四」及其之後新文學一脈相承的傳播模式，完全有別於古代文學的生產、傳播形態，體現了現代科學對於文學

---

[1] 郭沫若：〈致《文學》編輯的一封信〉，載於賈植芳主編：《文學研究會資料（上）》，北京：知識產權出版社.2010年，頁613-614。

生產的干預：現代出版技術如何踐行社會啟蒙這一功能。

其三，現代印刷技術配合早期全球化運動一道，將中國的知識生產、傳播、消費從鄉村推向了城市，促使了中國文化從鄉村向城市的轉移，為現代啟蒙思想的繁盛打下了重要的物質基礎。

馬克思在《德意志意識形態》中認為，物質勞動與精神勞動最大的一次分工，就是城市與鄉村的分離。[1]因此，現代化與城鎮化是密不可分的。鴉片戰爭以來的全球化之於中國而言，就是城鎮化的過程。一方面，它逐步瓦解了中國傳統的農村經濟體系與宗族社會制度，將西方的都市文明、現代啟蒙意識帶到了中國，另一方面，它在開埠口岸城市「移植」了西方的城市，形成了以租界文化為代表的中國近代都市文明。在這個宏觀的格局下，現代印刷技術成為了中國近代都市文明形成的重要推手。

從城市文化這一角度而言，中國與西方最大的差別在於，中國缺乏形成城市的歷史基礎。西方城市文化起源於古希臘城邦文明，與重商主義的發展息息相關，賡續了智者學派、古希臘三哲以來的人文主義精神，而中國卻是綿延數千年的鄉村宗族文化，並且長期重農抑商，並沒有真正意義上的城市與市民。由是可知，早期中國都市中的「市民」，實際上都是從「農民」這一傳統階級轉型而來。

交際舞、大劇院、公車、銀行、自來水、醫院、商場、公寓……這些在中國歷史上從未有過的新生事物，因為開埠而統統地

---

[1] 馬克思：〈德意志意識形態〉，見於馬克思、恩格斯：《馬克思恩格斯選集》，北京：人民出版社，1972年，頁56。

陳列到了長期生活在鄉村的中國人眼前。如何使用？如何應對？又如何適應？這無一不是擺在晚清中國人面前的重要問題，尤其是之於當時進入到城市裡的農民（包括鄉村落地舉人、手工業者）來說，更是急切地需要有效地解決。

如何讓農民成為市民——即讓早期中國城市中的居住者能夠迅速地適應城市的現代生活（包括法治秩序、社會公德、交往方式等等）。這是時代賦予給現代出版技術的重任，也是現代出版技術在晚清特別是清季民初半個世紀裡所承擔的啟蒙任務。它們憑藉快速的印刷效率，與出版商、作者實現了啟蒙的合謀，通過市民文學這一形式，憑藉現代印刷技術所帶來的新興媒介，有效地普及了現代生活的法則。

三、雙向啓蒙：現代印刷技術與晚清市民文學之關係

雙向啟蒙，是本文所重點論述的核心話題。所謂「雙向」，即是是一種交互性（interactivity），即現代印刷技術在實踐啟蒙進路的同時，也促進市民文學進行著啟蒙的實踐；同樣，市民文學在踐行社會啟蒙這一歷史重任時，在一定程度上也推進了現代印刷技術的啟蒙意義。

這個問題擬從兩個方面來考量。一方面是現代印刷技術作為推行啟蒙的主體之一，它如何有效地推進市民文學參與社會啟蒙。

從邏輯的角度看，晚清中國的現代印刷技術勢必要早於市民文

學。實際上，在十九世紀六七十年代，現代印刷技術已經初步進入中國，《聖經》以及理工技術類（如造船、航海、醫學、礦冶等）教科書、工具書的相繼翻譯出版，並以批量的形式供江南製造局、馬尾船政學堂以及一些教會醫院的使用，這實際上已經反映出了現代印刷技術的啟蒙功能。

學界有觀點認為，中國的市民文學，則是起源於《聖經》的翻譯與傳播，這加大了白話文（mandarin）的影響力，為後來的詩界革命、市民文學乃至新文學運動掃清了歷史障礙。[1]這實際上強調了現代印刷技術的先行者角色。但是在中國的封建時代與西方的中世紀甚至更早的時期，文學與出版的關係則是相對倒置的，先有了具體的文學形態與之後，出版業才會隨之出現與發展（如在宋代，抄本興盛之後，刻本隨之應運而生）。

由此可知，在推行啟蒙的現代化進程中，現代印刷技術所覆蓋的範疇要遠遠大於市民文學的意義。市民文學的出版印刷，只是現代印刷技術所參與極其微小的一個層面。除卻現代科學技術、西方宗教、政治文化的著述出版譯介之外，還包括新聞報紙、雜誌的出版印刷，即對社會輿論的支撐性服務──儘管它們是市民文學的重要載體，但是它們更主要的功能則是承擔社會資訊的廣泛傳播。

因此，市民文學滿足了現代印刷技術在推行啟蒙的進程中的普及性與大眾性，反映了代表現代印刷技術的現代科學技術對於中國

---

[1] 顧長聲：《傳教士與近代中國》，上海：上海人民出版社，2013年，頁76。

文化現代化進程的重要影響。它改變了晚清之前資訊的傳播形式，以圖像化、週期化、規模化的出版印刷形態，彰顯了大眾傳播在新舊時代轉型時期的重要意義。

其次，市民文學是晚清社會啟蒙的另一個重要主體，它是梁啟超以小說「開民智」的具體實踐，它在踐行啟蒙的過程中逐漸因為商業社會而形成了一個龐大的市場，因此也推進了中國現代印刷技術的發展與繁榮。

數以萬計的城市居民構成了市民文學的基礎，這些城市居民當中絕大多數都是受過教育但卻生活貧困的人群，譬如自由手工業者、低級職員以及龐大的工人階級——這當中曾有一部分是由因為饑荒、戰亂與匪禍而不得不進城尋求生計的農民「城市化」改造而來。他們當中大多數人有一定的閱讀能力，而且對都市新派生活方式充滿了響往，之於他們而言，城市中的一切充滿未知新生事物都足以使人感到新鮮，這使得人的想像力大大受到刺激，而反映「古人未有之物，未辟之境」的市民文學，恰可以滿足都市人群的想像空間。

在晚清市民文學中，「洋場竹枝詞」是一個新形態，它主要反映開埠之後上海的生活景觀，是當時《申報》、《上海新報》較為熱衷的文學作品，顧炳權編選《洋場竹枝詞》（上海書店出版社，1996年）時，當中就有59種來自於清季明初滬上的各大報刊，可見竹枝詞的主要傳播方式，仍與現代印刷技術所帶來的中國現代報業有著最直接的關係，因此，下文暫以當時風靡各大報刊洋場竹枝詞

為例。

譬如有四首洋場竹枝詞這樣寫道：

地藏鐵管達江中，曲折回環室內通。更置龍頭司啟閉，一經
開放水無窮。
廣連鐵管到圍場，灌足煤煙地下藏。入戶穿街燈遍設，一經
開點火生光。
舉頭鐵索路行空，電氣能收奪化工。從此不愁魚雁少，音書
萬里一時通。
上下車中一剎那，每聞賣票打招呼。大家須要當心點，只為
人叢肱簁多。[1]

上述四首竹枝詞分別描述了自來水、供電、電報乃至交通安全
等新興的都市文明諸因素，被作家以近似科幻的筆觸描述，當中
甚至也包括「欲使洋場車馬行，河渠溝澮悉填平。舊時風景全消
滅，空剩橋名未變更」[2]這樣批判「現代性」的慧眼之作。十九世
紀末、二十世紀初十裡洋場的市民生活，不單出現在竹枝詞裡，在
科幻小說、偵探小說、冶遊小說中，更是屢見不鮮。上述竹枝詞只

---

[1] 上述四首詩均為《上海鱗爪竹枝詞》（葉仲鈞編）所收錄，分別出現在
《洋場竹枝詞》（顧炳權編，上海：上海書店出版社，1996年）的頁178、
190、200、295。
[2] 同上，頁295。

是當時市民文學的一個縮影而已。但它卻憑藉現代印刷技術，刊登於當時的報章之上，並暢行滬上，傳播於販夫走卒、士農工商各階層當中，形成了廣泛的影響。

市民文學影響愈大，其市場就愈龐大。與此同時，印刷工業亦越發達。這是一種市場的反向效力，猶如時下網路閱讀的市場越龐大，而網路技術平臺就越先進一樣，到了「五四」新文化運動之後，中國的市民文學已經隨著白話文運動的發展，與鄉土文學、左翼文學以及現代主義文學交輝呼應，匯成中國新文學的滔滔巨流，顯示了帶有中國民族風格與民族氣概的文學景觀。就在「後五四」時期，中國的印刷技術也突飛猛進，在抗戰前期的1920年代，中國的出版技術與出版規模在亞洲首屈一指，以上海為中心，以北平、漢口、南京、重慶等地相互呼應的印刷產業，成為了當時中國民族工業的重要支柱之一，而這恰是與晚清市民文學勃興時為印刷業所打下的基礎密不可分。

值得一提的是，晚清至民國期間，印刷業到達了一定高度，但與之同時誕生的現代造紙技術卻未跟上。究其根本原因，乃是因為造紙技術的現代化並未與印刷技術相適應，造漿工藝相當落後，仍主要依賴於江西鉛山、安徽宣城與四川綿竹等老產地用傳統技術生產出的紙張（如宣紙、毛邊紙或黃麻紙），並非完全依靠現代工業技術生產出符合現代印刷技術需求的專業用紙[1]。時至今日，

---

[1]　Kai-wing Chow：*Publishing, Culture, and Power in Early Modern China*，Stanford：Stanford University Press，2004年，頁40。

國家圖書館破損較重的圖書竟然是晚清與民國時期的出版物，民
國初年的文獻竟然已百分之百破損，[1]這不得不說是一個令人遺憾
的史實。

---

[1]　〈國家圖書館民國文獻破損重，魯迅手稿百年內消失〉，載於《法制晚
報》，2005年3月7日。

現代印刷業與1930年代的左翼文藝

　　「左翼文藝」[1]（包括左翼電影、左翼美術、左翼戲劇與左翼文學），既是中國文化現代化進程中的重要組成，也是上世紀二三十年代中國主要文化思潮之一。

　　長期以來，學界對「左翼文藝」的研究始終圍繞在政治性、審美性與階級性這三個範疇當中，而較少從現代印刷業這一現代科學文明的範疇挖掘「左翼文藝」生成、發展與生產的機制。事實上正如茅盾所說「現代人是時時處處和機械發生關係的，都市裡的人們生活在機械的『速』和『力』的旋渦中」。[2]發端於都市文化、反映工業文明的左翼文藝，無論是從內容題材上還是從表現方式上都

---

[1] 「左翼文藝」又是一個有著固定含義的稱謂，學界一般認為，「左翼文藝」一般特指上個世紀三十年代，由左翼作家特別是「左聯」作家主導的、主要反映階級鬥爭與揭露社會矛盾的文藝形態，通常由思潮或運動的形式反映出來。但事實上，在目前中國大陸任何一本正式出版的辭典中，都未將「左翼文藝」這四個字作為一個詞條予以收錄。我們看到的卻是「左翼文藝運動」（《毛澤東文藝思想大辭典》）、「左翼文藝思潮」（《簡明郭沫若詞典》）等等。即將「左翼文藝」當作一種「思潮」或「運動」的定語，脫離了思潮或運動的語境來談「左翼文藝」的相關研究成果並不多。就本章所討論的問題而言，「左翼文藝」所蘊含的概念本質仍是一種主要活躍於上世紀三十年代社會文化思潮。

[2] 茅盾：〈機械的頌贊〉，載於《申報月刊》，2卷4期，1933年4月。

展現出以印刷技術為代表的現代科學對於中國文化現代化進程的重要影響。

從現象上看，作為全新的文化形態的左翼文藝，它受歐美、日本左翼文化思潮影響，以寫實主義為主要手段，誕生於以上海為代表的中國都市、租界區域，並依靠出版、電影、廣播與話劇等現代文化載體進行傳播，成為世界左翼文化運動與世界現代主義文化運動的重要組成。

再從本質上講，左翼文藝是中國現代都市文化的不可或缺的組成部分。而本章所言之「印刷業」，特指以圖書、報刊印刷為主的現代印刷工業，它與現代科技發展息息相關，並與出版業、發行業同屬於現代文藝生產的重要環節之一。以「工人眼裡的知識份子，知識份子眼裡的工人」——印刷工人為主體的現代印刷業，對於左翼文藝乃至中國文化現代化進程的重要意義，顯然不言而喻。

因此，本章擬從客觀具體的史料、史實出發，以現代科學技術與文化現代化進程的關係為視角，通過邏輯梳理與學理判斷，試圖解答如下四個問題：一，現代印刷業在左翼文藝的傳播中扮演了什麼樣的角色？二，現代印刷業為左翼文藝的接受起到了什麼樣的作用？三，現代印刷業在推動左翼文藝發展的同時，如何豐富了左翼文藝的題材？四，以現代印刷業為視角分析左翼文藝，可見其在中國文化現代性的進程中究竟具備哪些屬性？

一

　　自印刷術傳入歐洲，為近代三大文明之一。彼邦人士利用科
學加以研究改良，而吾國數百年固步自封者，一經薰陶，雄
飛猛進，以成今日之精美奇巧之印刷技術……為吾國有新式
印刷第一時期可謂為石印發達、鉛印草創之時期也……約印
刷業占全埠工業第二位置，每年營業達四萬萬美金……夫印
刷事業之進步，實國家文化之進步也。觀夫美國印刷事業之
發達，即可以知美國文化程度之高。[1]

　　這是1930年「上海特別市政府」下屬「社會局」在《上海之工
業》一書中對當時上海工業的描述。儘管當時「上海特別市」的行
政範圍並不包括租界區，但《上海之工業》卻涵蓋了當時租界區的
工商業狀況。由是可知，現代科學技術在中國的發展，直接決定了
印刷業這個與文化現代化進程有著緊密關係的產業在中國的迅速發
展，而到了印刷技術比較純熟的1930年代，左翼文藝亦隨之應運
而生。
　　首先，1930年代是中國現代印刷業最為鼎盛的高峰時期，而這
恰為左翼文藝的傳播奠定了重要的技術基礎。

---

[1]　上海特別市政府社會局：《上海之工業》，上海：中華書局，1930年，頁
　　109-110。

早在十九世紀末，因租界繁盛，傳媒文化開始在滬上逐漸發展蔓延，新的印刷設備、技術如四輪印刷、石印照相印刷、鉛印活字打扳機等等均在上海地區得到了普及，大量蘇北、蘇南與浙北甚至安徽等地的農村人口開始湧入上海，經過短期培訓之後，他們便成為早期的印刷工人。

　　富餘勞動力與新的技術迫使許多印刷廠捲入到惡性競爭當中，因此都加班加點地要求工人勞作。「除了許多小印刷店沒有限制的外，其餘各書局，表面上都有每日工作9小時的規定。但是他們總藉口說，遇到生意忙的時候，要開夜工的，不曉得這夜工一開，要加添3小時，於是就變成每日12小時的工作了。咳！現在上海各書局裡，哪一家不是戴了這生意忙的假面具，實行這12小時工作制呢！」[1]

　　這一切反映了當時上海地區印刷業的繁盛。僅商務印書館的印刷車間而言，「其中分印刷、製造等部；印刷部分：膠印、石印、鉛印、鑄字、排字、校對、照相製版、銅版、紙型、鉛版、藏版、裝訂、裁切等四十餘處。製造部分：發電、木工、鐵工、儀器、標本、文具、華文打字機等。男女工人約三千餘人，印刷機器應有盡有，總數達一千二百餘架之多，在遠東實無其匹。」[2]

　　上述史實均證明了：「西學東漸」語境下的現代科學催生並促

---

[1]　李次山：〈上海勞動狀況〉，載於《新青年・第7卷・第6號》，1920年5月。
[2]　金子明：〈解放前上海印刷業和印刷工人的鬥爭〉，見於《中國印刷年鑑》，1981年，頁288。

使了中國印刷業迅速發展，而在1949年之前中國現代印刷業的巔峰時期，印刷業也客觀地促進了「左翼文藝」的萌芽與壯大。

依託現代印刷業的報刊是「左翼文藝」體制最重要的組成部分。據統計，僅在「左聯」時期（1930-1936），就有《夜鶯》、《海燕》、《大眾文藝》、《萌芽》與《拓荒者》等近百種期刊出版，與此同時，其他街頭小報、官辦雜誌、科學期刊、都市畫報也如雨後春筍一般在全國各大城市紛紛創刊，並在1935年達到了前所未有的峰值——該年被茅盾稱之為「雜誌年」。由是可知，若無印刷業的繁盛，則無左翼文藝的勃興。無怪乎上海既是中國印刷業的中心，亦是中國出版業與左翼文藝的中心。

其次，代表當時先進科學技術的印刷業，實質上蘊含著現代文化對於傳播的訴求。而這則是「左翼文藝」一個重要的文化特徵。

從政治美學的角度來看，「左翼文藝」最大的審美特點就是對於政治性的訴求。作為一種社會思潮，它源自於西方與日本，發端於現代西方的工人運動與馬克思的階級鬥爭學說，認為文藝的政治宣傳功用大於其審美意義。而現代印刷技術恰滿足了左翼文藝的政治性訴求。

以出版印刷技術與發行銷售制度為核心的現代印刷業，不但將中國左翼文藝的思潮傳播到了全國各地，形成了全國性的文化影響，使左翼文藝成為中國文化現代化進程中的重要組成，而且正是其將國外左翼文藝思潮也帶到了中國，使得中國的現代文化得以融入到世界左翼文藝運動當中，形成了雙向互動的效應。當時在西方

世界產生重要影響並引領世界左翼文藝運動的著述，全是憑藉著先進的印刷技術、通過譯介出版的手段傳播到中國來的，並形成了「左翼文藝」熱潮。「這一種風氣，竟也打動了一向專出碑版書畫的神州國光社，肯出一種收羅新俄文藝作品的叢書了，那時我們就選出了十種世界上早有定評的劇本和小說，約好譯者，名之為《現代文藝叢書》。」[1]如魯迅翻譯的《被解放的堂·吉訶德》與《毀滅》、柔石翻譯的《浮士德與城》與曹靖華翻譯的《鐵流》等等，均通過先進的印刷業成為了當時的暢銷書，不但影響到左翼文藝思潮在中國的譯介與發展，更從新文化建設的層面推進了中國文化的現代化進程。

總而言之，從具體的左翼文藝形態來看，它產生於中國新文化的建設期，處於中國文化現代進程的關鍵節點上，其創作方式顯然是現代的，並且展現出了對於現代科學技術的依賴。可見繁盛的現代印刷業為左翼文藝的發展提供了雄厚的基礎與條件。

二

繁盛的現代印刷業並非只賜予左翼文藝以傳播的工具，與之同時，它亦賦予左翼文藝以生產、接受群體。使得在社會大生產的語境下，左翼文藝形成了生產、傳播與接受的完整鏈條。我們不難發

---

[1] 魯迅：〈《鐵流》編校後記〉，見於《集外集拾遺》，北京：人民文學出版社，2006年，頁54。

現，左翼文藝在很大程度上反映的是以工業文明、現代科學與都市文化為代表的全球化浪潮與科學思潮對於當時中國社會傳統倫理的破壞與損害及其引發的社會矛盾。因此，左翼文藝亦主要由工人階級（包括受雇用的底層知識份子）進行創作並接受，他們是左翼文藝得以生產、傳播與接受的社會溫床。

印刷業是1910-40年代上海地區最有代表性的現代技術產業之一（其次是棉紗、製藥）。因此印刷業工人也是較早覺醒並形成社會階層的工人群體，早在新文化運動之前的1916年，上海商務印書館的「華字部」就成立了「集成同志社」，爾後中華書局成立了「進德會」，它們均是上海地區最早的工會團體之一，為日後的「全國工界協進會」、「上海職業工會」的建立打下了重要的基礎。[1]而在1921年的臺灣，第一個工會就是由印刷工人成立的組織。[2]

與其他工人不同在於，由於特殊的工種所決定，「（上世紀二三十年代上海地區的）印刷工人文化程度較高，沒有文盲，大多數可以看書看報，容易進行宣傳教育」。[3]他們也是日後左翼文藝的重要參與者與接受者。而且，「左翼文藝」最大的特徵是聯盟性，由活躍於當時上海地區的左聯、社聯、劇聯、美聯、教聯、記聯、音樂小組、電影小組等八大聯盟共同組成了「左翼文化界總同

---

[1] 張靜如、劉志強：《北洋軍閥統治時期中國社會之變遷》，北京：中國人民大學出版社，1992年，頁226。

[2] 韓晗：〈論中國工人階級第一個群眾組織〉，載於《工會信息》，2016年第8期。

[3] 金子明：〈解放前上海印刷業和印刷工人的鬥爭〉，頁288。

盟」，在這些聯盟的成員中，「印刷工人」一度占到一個相當重要的比重。譬如一位叫徐梅坤的印刷工人就曾因為這種方式加入中國共產黨，並與茅盾一起成立印刷工人的左翼文藝組織與工會組織。中共文化系統的早期領導人陳雲就曾是商務印書館的印刷工人，並一度出任「商務印書館發行所罷工委員會委員長」一職，在其之後擔任過「罷工委員會委員長」的印刷工人則是日後成為著名左翼作家的周立波。[1]而且，印刷工人、人力車夫與醫生還是「北方左聯」的重要組成部分，[2]據筆者不完全統計，在北方左聯、上海左聯等組織中，與「印刷工人」有關的組織就有十餘個，而《藝術新聞》等左翼戲劇期刊更是時常積極組織印刷工人進行街頭演劇等文化活動。

在這裡，我們必須對「工人」這個名詞做一個界定。儘管當時一些碼頭工人、紡織女工與搬運工人確實屬於文盲或半文盲階層，但印刷工人卻是現代知識份子的一個組成。一方面，他們居住在城市當中，受過良好的教育與技術培訓，有著穩定甚至並不菲薄的

---

[1] 丁爾綱：《茅盾：翰墨人生八十秋》，武漢：長江文藝出版社，2000年，頁143。

[2] 北平左聯的主要成員陳沂曾回憶，之所以他在印刷工人中設立「左聯支部」並「從提升他們的文化入手，然後慢慢幫他們寫作」，是因為1932年11月魯迅來北平探親並對其做出要求之故。當時魯迅稱讚這種做法很好，並告知陳沂等人，「要好好搞工農通訊工作」、「不要只寄望於那些名作家，名作家不一定寫出名作品。」見陳沂：《陳沂小說、紀實文學選》，貴陽：貴州人民出版社，2002年，頁292。

收益，[1]用現在的眼光看，他們屬於「專業技術人員」，是當時推廣、踐行現代科學文化最合適的主體之一。

在這種語境下，印刷工人不但與作家、美術家們一道，是左翼文藝的生產者，而且還是左翼文藝重要的傳播、消費、接受者。當時不少印刷工人就曾做過「盜火種的人」，向周圍的人傳播新文學著作甚至左翼文藝作品。沈從文早年在地方報館當校對員時，一位來自於長沙的印刷工人竟將自己的「進步書籍」借給沈從文閱讀，這讓年輕的沈從文大開眼界並踏上文學之路。多年之後，沈從文曾如是回憶：「這印刷工人我很感謝他……我從他那兒知道了些新的、正在另一片土地同一日頭所照及的地方的人，如何去用他們的腦子，對於目前社會做反復的檢討與批判，又如何幻想一個未來社會的標準與輪廓。」[2]

由是可知，以印刷技術為代表的現代工程技術與工業生產為左翼文藝奠定了重要的前提，並給其打上了科學思潮的烙印，且為左

---

[1] 嘯雲在〈上海印刷業工人的生活概況〉（《女青年》第十四卷第七期，1935年7月15日）一文中認為，上海印刷工人中，最底層的「排字工」，一個月可以拿到十一至三十元的工資。而據張忠民對1930年代上海地區棉紡、造船、煙草、印刷等16個工種的統計，獲悉印刷工人的每小時工資率、每日工資率均居於第二位（第一位為造船工人），但每日實際工作時間卻居於倒數第三位（見張忠民：〈近代上海工人階層的工資與生活——以20世紀30年代調查為中心的分析〉，載於《中國經濟史研究》2011.2）。可見，印刷工人在當時確實屬於「錢多事少」的工種。按照經濟學的相關理論，在一個科學技術相對現代化的社會化大生產語境下，這種情況唯一的可能就是對於科學技術與機械生產的高度依賴。

[2] 沈從文：《沈從文自傳》，南京：江蘇文藝出版社，1995年，頁44。

翼文藝的生產與接受打下了社會基礎。與西方現代科學技術密切相關的印刷業，不但為作為思潮的左翼文藝營造了傳播管道，而且還為左翼文藝提供了一定的接受基礎。作為現代科學與文化傳播推手的印刷工人，他們與自命代表工人階級的「左翼文藝家」們實際上是一種政治美學意義上的「合謀」關係，而作為左翼政治推手的中國共產黨又將印刷工人歸列為「文化工」這一特殊的社會階層當中。這一切正如潘梓年所說，「寫作家和印刷工人雖然各不相謀，自己操著自己的勞作，但他們卻在默默地分工合作，做著一件共同的工作，完成一個共同的事業，既在合作而又不相謀，對於共同事業的完成自然是有損失的……我們還要和文化工人求得團結。」[1]

三

之於近現代的中國作家而言，現代印刷技術無疑是一個近似於奇幻性質的存在。尤其是在左翼文藝的發展進程當中，現代印刷技術大大擴大了左翼文藝的影響力。而且在左翼文藝家們看來，印刷技術、印刷廠、印刷工人乃至印刷行業，都是現代科技、都市文化與工業文明的重要組成，不但可以為其生產、傳播左翼文藝思潮所用，而且可以構成其寫作素材。因此，在左翼文藝家的筆下，上述要素構成了左翼文藝家們念茲在茲的創作主題。

---

[1] 潘梓年：〈團結還須擴大——文藝界抗敵協會五周年紀念〉，載於《新華日報》，1943年3月27日。

印刷業在早期中國左翼文藝家們看來，屬於「現代性的他者」。左翼文藝與現代印刷業都是「舶來品」，日本、俄蘇的左翼文藝顯然比中國要更早關注於這一問題。因此，印刷業作為中國作家筆下的題材，確實源自於左翼文藝。但左翼作家們最早將文學眼光投射到印刷工人身上，並非文學創作而是譯作。

　　「印刷業」作為一個題材進入到中國文壇當中，最早當屬日本左翼工人作家德永直的《沒有太陽的街》（1929年），這部小說的素材來源於他早年做印刷工人時的生活積累。「沒有太陽的街」特指東京的貧民窟長屋區，這裡是印刷工人的聚居區。這部小說描述了印刷工人在一次罷工中的矛盾與分化，反映了日本左翼作家對於現代工業文明的批判，成為了世界左翼文學史的巔峰之作，與小林多喜二的《蟹工船》合稱日本左翼文學的「雙璧」。1954年，這部小說被日本左翼導演山本薩夫改編成同名電影並搬上銀幕。

　　就在這本小說出版後第三年的1931年，中國旅日留學生、左翼作家何洛將其翻譯成了中文，在另一位左翼作家蔣光慈的介紹下，由上海現代書局出版，這是印刷工人作為左翼作家筆下的形象首次在中國呈現，可謂是開源之筆。自此之後，中國左翼文藝家們開始關注於現代印刷業這一創作素材，印刷工人、印刷廠、印刷技術等新生事物開始在中國左翼作家的筆下不斷出現。

　　茅盾的中篇小說〈少年印刷工〉連載於1935年的《新少年》雜誌，主人公趙元生本是上海地區的一個中學生，但因為「一・二八」事變，導致本屬小康家庭的趙家迅速破產，其父也不得已去棉

紡廠做了工人，而趙元生也因為有點文化去了印刷廠做印刷工人。通過這篇小說，茅盾意圖揭示1930年代上海因為戰亂而導致的民生凋敝與社會動盪，但作為左翼作家的茅盾，依然在小說中批判出了社會階層的不平等，從而使得這部小說被打上了明顯的左翼文學的烙印。在小說的開篇，他就以趙元生與富家子弟周家寶的對話為引子，揭露出工業文明所帶來的社會兩極分化。

　　就在〈少年印刷工〉發表後的第二年，左翼作家丁玲在幽禁期間寫下了報告文學〈八月生活——報告文學試寫〉，這部作品雖命名為「報告文學」試寫，但卻是一部近似於虛構類的中篇小說。在這部將矛頭對準以「印刷業」為代表的現代工業文明的文本中，丁玲假託自己為一家印刷廠的實習生，在八個月的實習中，發現了印刷工人的苦難與艱辛。工頭可以隨意斥責工人為「豬玀」甚至「死人」，「把所有的年輕的時光都安置在這裡」的印刷工人，可謂是對現代工業文明與商業社會的直接抨擊。

　　茅盾與丁玲是左翼文藝界最具代表的兩位元作家，他們的作品都將矛頭對準了因為工業發展而帶來的社會剝削與兩極分化，這是左翼文藝的重要特徵，但都將印刷業作為觀照對象，這並非巧合。印刷工人作為受壓迫、被剝削的工人階級無疑是不幸的，但他們由於有一定文化基礎，作為「左聯」的重要後備力量，因此又是「被啟蒙的大多數」。

　　在「左聯」解散之後，民族危機構成了中國社會的主要矛盾，「左翼文藝」逐漸也以「晚期民族主義文藝」這種適應時代需要的

形式存在。[1]以蕭軍、周貽白、方之中等為代表的左翼作家開始將視線投射到了民族救亡呼喊當中。因此，他們筆下的印刷工人，不再是異域文化中的「他者」，也非「被啟蒙」的對象，而是暗含了對於日本對華經濟侵略的控訴——但這種形象卻是建構於勞動剝削與社會分層之上的，因而亦能算作是「左翼文藝」的精神賡續。其中，以蕭軍在1936年出版的短篇小說〈初秋的風〉為個中代表。

〈初秋的風〉描寫的是「九‧一八」之後的東北，其時東北已經全面淪陷。資深印刷工人「劉師父」是小說中的主人公，首先是受迫於生計，爾後又眼饞於小利，最終他為了討好「日本特務機關」的「黃老闆」，竟然不惜出賣靈魂，積極印刷日軍宣傳品，墮落成了可恥的民族敗類。而幾乎同時代的臺灣作家王錦江（原名王詩琅）則在短篇小說〈夜雨〉（1935年）中塑造了一個「自十五歲就入工廠學累鉛字」的老印刷工人「有德」，在日據時期迫於生計，竟將自己的女兒送入青樓。[2]另一位臺灣作家孤峰則在小說《流氓》（1936年）中以一群臺灣地區印刷工人為描寫對象，在經歷大蕭條與殖民統治之後，因為「不願回家」而淪為社會底層的暴力組織。[3]

---

[1] 韓晗：〈論中國現代文學進程中的民族主義——「民族主義文藝運動」與「延安文藝」的比較考察〉，載於《逢甲人文社會學報》，2013年第2期。

[2] 鐘肇政、葉石濤主編：《臺灣文學全集（4）‧薄命》，臺北：遠景出版事業公司，1979年，頁158。

[3] 鐘肇政、葉石濤主編：《臺灣文學全集（1）‧一桿秤仔》，臺北：遠景出版事業公司，1979年，頁51。

從表面上看，上述作品都是將印刷工人作為資本主義大生產與經濟危機的犧牲品進行塑造，對建構於勞動剝削與社會分層之上的社會經濟分配原則從文學的角度予以批判，但是同時也發現，無論是〈初秋的風〉還是〈夜雨〉與《流氓》，實際上都描述的是日本殖民統治對於中國社會經濟結構的破壞與顛覆，使得社會對底層工人的剝削進一步加劇，在1930-40年代被日本淪陷的中國城市中，出版業基本上是停頓的，主要靠印刷業來維持其生存，[1]因此印刷工人成為了被脅迫、利誘與利用的對象。在如此複雜的語境下，左翼作家們力圖揭露了「工人階級」這個組織在特殊環境下的階級侷限性及其自身的倫理缺陷：處於不幸，但又缺乏爭取幸福的能力，因此不得不選擇與侵略者的妥協與合作。

自1931年至1936年的短短6年間，作為創作素材的現代印刷業在中國左翼文藝作品中發生了與時俱變的變化，這實際上反映了左翼文藝在對待現代社會矛盾、現代工程技術乃至工業文明與都市文化的態度之變化，即從強調階級性到對民族救亡的呼喊，也反映了左翼文藝從強盛逐漸轉向式微這一歷史趨勢。

四

事實上，現代印刷業也是中國現代文藝中念茲在茲的一個素

---

[1] 任建樹：《現代上海大事記》，上海：上海辭書出版社，1996年，頁33。

材。尤其是左翼文藝領域，它始終處於被重點描寫、普遍關注而又不斷順應時代需求並發生變化的過程。在抗日戰爭結束之後，左翼作家陳荒煤在小說〈夜〉中就描述了一群印刷工人在中共的領導下，如何戰勝了日本資本家，並且戰成一排、昂首挺胸地高唱著〈義勇軍進行曲〉；1956年，「工人作家」李學鰲則寫下了長詩〈印刷工人之歌〉，成為中國「十七年文學」（1949-1966）的代表作品之一。

本章所審理現代印刷業與左翼文藝的關係，旨在力圖以印刷業為中心，審理左翼文藝被忽視的文化特性。結合相關史料與前文分析，筆者認為，左翼文藝具備如下三重文化特性，而這常為學界所忽略。

首先，左翼文藝具備消費性。左翼文藝是一種商業化的文藝形態，洪靈菲、蔣光慈、蕭軍、柔石等作家其實亦都是當時的「暢銷書作者」，這與左翼文藝對印刷業的依賴是密不可分的。

上海地區繁盛的印刷業是左翼文藝萌生消費性因素的重要溫床。從傳播的角度來講，左翼文藝希望通過文藝表達的形式，喚起更多社會民眾回應，那麼它勢必要通過大的生產市場來解決這個問題。就許多左翼作家而言，他們都是固定收入頗低的知識青年、印刷工人或底層知識份子，因此出版作品成為了他們緩解生存經濟壓力的重要途徑，而且在當時的市場化前提下，如「左聯」這種無經費、無贊助且受到出版管理當局約束的組織，要想打開影響，則勢必要從市場這個角度入手。因此，許多作家在撰寫作品的同時，都

不得不考慮到市場因素，選擇社會感興趣、有銷路、能擴大影響的題材。

　　有趣的是，許多「革命小說」不但暢銷，而且如蔣光慈的小說還遭遇了盜版，[1]成為了「一個時代的奇跡」。[2]而另一位左翼作家、「左聯」七常委之一的洪靈菲自1928年出版小說《流亡》之後，一度成為當時上海灘的暢銷書作家，出版社紛紛向其約稿，他甚至用稿費接濟了不少左聯內部的文學青年。[3]至於蕭軍的《八月的鄉村》等作品在當時更是名噪一時。如蔣光慈、洪靈菲與蕭軍等暢銷書作者，其實在左翼文藝中並不占少數。

　　除卻出版的小說之外，不少「左翼期刊」亦是風頭正健的暢銷期刊。譬如處於「兩個口號」漩渦之中的左翼期刊《夜鶯》，在當時由上海雜誌公司發行，每期都刊登有大量、精美的橡膠製品、定制禮服乃至漢口、天津等地酒店與醫院的廣告，可見其讀者群規模不小、其影響力也較大，屬於滬上暢銷期刊之一。[4]而上述「暢銷」要素除卻「博眼球」的內容、完善的編輯發行出版體制之外，

---

[1] Jianmei Liu：*Revolution Plus Love: Literary History, Women's Bodies, and Thematic Repetition in Twentieth-Century Chinese Fiction*，Honololo：University of Hawaii Press，2003年，頁65。

[2] 孫靜雅：〈一個時代的「奇跡」：蔣光慈革命文學暢銷探析〉，陝西師範大學碩士論文，2012年，頁33。

[3] 中共廣東省委黨史研究委員會辦公室、廣東省民政廳：《南粵英烈傳（第二輯）》，廣州：廣東人民出版社，1986年，頁283。

[4] 韓晗：《「那歌聲去了」——重評〈夜鶯〉雜誌及史料辨酌〉，載於《勵耘學刊（文學卷）》，2011年第1期，頁62。

更需要強大、優質的印刷技術才能得以實現。

　　近年來，左翼文藝的消費性屬性已經逐漸被學界所挖掘。作為商業化的「左翼文藝」，顯示出了其與中國文化現代化進程的同一性。自晚清以降，出版產業勃興，印刷技術繁盛，一批在科舉仕途上無法獲得功名的知識份子開始改行擔任報人與專欄作家，形成了中國早期商業化文藝的雛形。及至1930年代，這類新興知識份子已經成為中國文化現代化進程的重要力量，而左翼文藝家則是這支力量中的重要組成。[1]

　　其次，大眾性因為左翼文藝的傳播而獲得了彰顯。「大眾性」是中國文化現代化進程的重要標誌，也是區別於傳統古典文化的主要特徵，亦是中國文化之所以成為「啟蒙」工具的必要基礎。[2]「五四」以降，以李大釗、陳獨秀與胡適等人主導的「人的文學」、「白話文學」，便是對「大眾性」的呼籲，而1920年代的「到民間去」思潮則使「大眾性」往前更加邁進了一步，[3]1930年代，由左翼文藝所主導的「普羅文學」與「文學大眾化」便是將這一思想推向頂峰，但與此同時，它也為日後的文化階級秩序奠定了

[1]　李金銓：《報人報國：中國新聞史的另一種讀法》，香港：香港中文大學出版社，2013年，頁32。
[2]　陳思和：〈「五四」文學：在先鋒性與大眾化之間〉，載於《當代文學研究資料與資訊》，2006年第5期。
[3]　（美）洪長泰著、董曉萍譯：《到民間去：1918-1937的中國知識份子與民間文學活動》，上海：上海文藝出版社，1993年，頁59-60。

內在的基礎。[1]

　　若論左翼文藝為中國文化現代化進程所提供的經驗，其中很重要一點就在於它對於文藝「大眾化」的推廣，它所面向的讀者主要是城市能閱讀（educated to read）人群中的低收入者，這很好地彌補了當時中國都市文學（如新感覺派、鴛鴦蝴蝶派以及唯美派）通過現代印刷媒介在都市中進行分眾傳播的空白。對於大多數印刷工人、貧苦的青年學生與底層的知識份子來講，他們對劉吶鷗、穆時英與邵洵美的作品既無法閱讀，也不感興趣。因為這類作品只屬於中產階級乃至精英階層的語境，它無法在以底層市民為主的都市大眾中喚起共鳴。

　　據不同的年鑒的共同統計，到了1939年，僅上海一地就有註冊印刷工人一萬兩千人以上，在27個國民經濟分類產業中排第9位，如果包含未註冊的臨時工人或其他行業周邊的工人及技術人員，那麼總數或將超過兩萬人，這些人基本上受過一定的初等教育，不但能熟練操作印刷機械設備，而且有一定的閱讀基礎，[2]在當時而言這是一個相當龐大的初級知識份子群體，相比之下，在同時代上海地區的大中專學生人數尚不足四千人。[3]如果印刷工人中的相當部

---

[1]　張寶明：〈重建階級秩序：20世紀30年代文學大眾化運動的內在動機〉，《北京師範大學學報（社會科學版）》，2012年第3期。

[2]　請參閱上海特別市政府社會局主編的《上海工人人數統計（1934年卷）》（上海特別市政府出版部，1935年）以及朱邦興所著的《上海產業與上海職工》（上海：上海人民出版社，1984年）。

[3]　Y.C.Wang：*Chinese Intellectuals and the west：1872-1949*，Chapel Hill：

分讀者能夠成為左翼文藝的消費者的話，那麼左翼文藝無疑在「大眾性」的層面上取得了重要進展。

中國現代文化最大的特點就是啟蒙性。左翼文藝立足於印刷工人、底層知識份子、貧苦青年學生進行分眾傳播，力圖通過文藝宣傳來實現其啟蒙的政治功利性。客觀地說，左翼文藝既對現代文化的「大眾性」進行了有益有力的補充，為中國文化現代化進程起到了重要的助力作用。

其三，都市性是左翼文藝中另一個重要的特徵。可以這樣講，借助於以印刷業為核心的現代工業文明而勃興的左翼文藝，其誕生、成長與繁榮皆於都市當中。都市性是左翼文藝中的顯著特點，也是一個不可迴避的重要因素。

左翼文藝最大的特點就是對於都市文化與工業文明的悖反與批判，有學者認為，研究左翼文藝與都市文明的關係並無太大的史學意義。[1]但也有學者主張，左翼文藝運動依託於上海的都市環境而勃然興起，從都市性的角度來切入顯然有著重要的研究價值。[2]根據上文的審理與總結，後者顯然更具有學理性的說服力。作為都市文化製造者的「印刷工人」，它在左翼文藝中所扮演的重要角色也

University of North Carolina Press，1966年，頁367。

[1] Mark Swislocki：*Culinary Nostalgia: Regional Food Culture and the Urban Experience in Shanghai*，Palo Alto：Stanford University Press，2009年，頁93。

[2] 張林傑：《都市環境中的20世紀30年代詩歌》，北京：中國社會科學出版社，2007年，頁12。

透視出了左翼文藝與都市文化的密切關係。

　　事實上，左翼文藝作品多半取材於以印刷工人為代表的產業工人與以底層學生為代表的都市底層知識份子，並使「印刷工人」作為文學形象首次呈現於中國新文學的視野當中，這從另一個側面也反映了左翼文學的都市性特質——只有都市文化背景下才會產生左翼文藝所謀求的「階級性」與「啟蒙性」。藉此，它根植於以印刷工人為代表的產業工人、底層知識份子當中，反映了現代中國都市底層社會的文化狀況，構成了中國現代都市文化的重要範疇。

　　綜上所述，依託於現代科技、出版制度與商業文明的現代印刷業，既是中國現代文化的重要生產管道，也是左翼文藝萌芽、發展與壯大的溫床。它為左翼文藝提供了傳播條件、接受群體與寫作素材，成為了研究左翼文藝的一扇重要視窗。因此，結合若干史實與史料，從現代印刷業出發對左翼文藝進行研究與反思，可以對左翼文藝的消費性、大眾性與都市性等文化屬性有著更為直觀、系統的認識。

裝飾藝術風格、「雜誌熱」與現代海派文化

　　「上海摩登」成為文史學界的研究熱潮，自上世紀末至今，熱力不減。兼由影視劇等一些虛構類文學作品的盛行，促使「上海摩登」成為了學界與社會共同關注的一種懷舊情調。但不是每個「上海摩登」的擁躉都知道其背後隱藏著的「現代主義」思潮（所謂modern即現代也）。其實，之於二十世紀上半葉的世界文化而言，作為全球化先行者的現代主義彷彿是一個驅之不散的幽靈，逡巡在當時世界意識形態領域的每一個角落，進而形成了前無古人、後無來者的新氣象。若是細述，在不同的領域，其風格無疑亦有所不同。

　　譬如在工藝美術領域，現代主義以「裝飾派藝術風格」（即Art Deco）橫掃上海建築界、美術界乃至電影界，而在文學、文化領域，則催生出一大批文化雜誌，便形成了波及廣泛的「雜誌熱」。

　　「裝飾藝術風格」與「雜誌熱」幾乎共生與1930年代中葉，這不僅僅只是巧合，無論是建築還是文化，兩者與現代主義相結合之後所蘊育出來的新風格均對正在從傳統走向現代的中國進行了非同一般的衝擊，並在中國的建築與文化這雙重領域中有了新的動向。

儘管因為後來的戰亂以及其他政治原因，這一「現代主義」的進程受到了切斷。但遺留下來的建築與文本，卻成為了後來者所追逐的「上海摩登」。

藉此，筆者意圖立足於福柯（Michel Foucault）的知識考古學視角，從兩者的「現代主義之異同」入手，借用傳播符號學的若干理論，釐清「現代主義」在「建築」（亦包括工藝美術的其他領域）與「文化」之間的生成機制、傳播譜系與相互影響。尤其在現代都市工業文明中，「現代主義」如何衝擊中國的傳統意識形態並形成了新的話語體制？

值得一提的是，上述這一問題並未引發應有的關注，準確地說，裝飾藝術風格與1920-30年代之間期刊雜誌的關係研究，在學界仍屬於空白。[1]誠然，裝飾藝術風格與期刊雜誌並非中國獨有。因此，本章題僅以上個世紀二三十年代出現在中國裝飾藝術風格與同時代的期刊雜誌為研究對象，而並不涉及其他國家的相關類似概念與問題。

---

[1] 就目前所見，僅有姚玳玫的《文化演繹中的圖像：中國近現代文學/美術個案解讀》（廣州：廣東人民出版社，2010年），論及到了1920-30年代書籍、期刊的平面設計與文學思潮之間的內在聯繫，但遺憾的是，這本書並未對裝飾藝術風格予以應有的重視。

———

　　當上海變成全亞洲「西化」的中心時，一棟棟高樓、公寓與酒店拔地而起，華麗且高貴的西式建築、百貨商場與舞廳雲集租界區，色彩鮮豔的雜誌畫報與潮流靈動的電影廣告此起彼伏，各類國際商品充斥貨櫃的櫥窗，這一切使得上海有了「東方巴黎」的名號。與此同時，一批有著西學背景的出版人、編輯與作者馳騁在十裏洋場的文壇。

　　全新的建築、街區與各式各樣的雜誌共生與上海這世界都市，這兩者看似風馬牛不相及，但冥冥之中總會讓人覺得兩者有一些類似之處，以至於後來者關注或敘述這段歷史時，兩者總會被同時提及，宛如一對孿生姐妹。

　　多數研究者會認為，兩者最大的共同點乃是在於，這些雜誌所刊登的內容，多半指向於新的生活方式，而這在物質上依賴於Art Deco風格的建構，如時尚文化類的《玲瓏》、譯介唯美主義的《獅吼》乃至於有著黨派背景的《夜鶯》、《絜茜》與《現代文學評論》，均無一例外地描摹出了美輪美奐的摩登圖景。

　　但我們必須要注意的是，這類充斥文本的新生事物實質上是工業文明與都市文化的一種表現方式。在這批雜誌出現之前，發軔於上個世紀初、在法國世界博覽會正式形成的「裝飾藝術運動」開始席捲全球，並在亞洲的上海迅速形成氣候。裝飾藝術運

動英文名為Art Deco，這一運動還有一個名字，叫「摩登風格」
（moderne）。[1]

但多數建築史家卻認為這與「現代主義」（modernism）是不
完全一樣的兩個概念，無論從時間維度還是影響力來看，後者明顯
要大於前者。但建築學界亦公認「裝飾藝術運動」屬於現代主義運
動一個重要的分支，因為現代主義運動範圍極其廣闊，它除了建築
之外，還包括音樂、文學乃至政治。[2]如何審理「現代主義」在裝
飾藝術風格與「雜誌熱」形成過程中所扮演的角色，才是本章立意
之核心。

與當年盛行滬上的諸多雜誌一樣，裝飾藝術風格是工業文明與
都市文化的產物，尤其是鋼筋混凝土發明之後，人類開始追逐建築
物的極限高度，拔地而起的摩天大樓、鐵塔與煙囪不斷滿足著人類
視覺、感官與物質上的好奇心。在物欲高度發達的時代裏，文學期
刊借用新的媒介形式，開始成為此時代的傳聲筒，亦不足為奇。

毋庸置疑，裝飾藝術風格與期刊雜誌在中國都屬舶來，兩者的
根源都是西方現代主義的鼻祖法國（前者源自於畢卡索、馬蒂斯的
現代派美術與法國巴黎博覽會而後者則濫觴於十九世紀法國的都市
雜誌），但卻是先後經過美國、日本的過渡之後再傳入中國──這

---

[1] Merriam-Webster：*Merriam-Webster's Collegiate Dictonary. 10thed*，Boston:
   Merriam-Webster Inco.，1998年，頁748。
[2] Mike Darton. *Art deco: an illustrated guide to the decorative style 1920-40.*
   Boston: Wellfleet.1990年，頁45。

實際上又與中國近現代社會的現代性傳入軌跡相一致。

「西風過境」是「雜誌熱」與裝飾藝術風格在中國所體現出來的共同特點，即西方最時興的意識觀念或表現形態被「移植」到了中國社會當中。工業文明與都市文化這些元素都是先前中國並沒有的，因為早期的全球化，使得這些元素迅速地在中國被呈現。

但事實上，無論是遠東的上海還是東京、或是遙遠的巴黎、紐約，「雜誌熱」與裝飾藝術風格並未持續太久時間，尤其在上海，這一切隨著戰爭的爆發而消逝，當然，還有一個現實不容忽視：現代主義本身因為自身的發展而形成了不同的分支，尤其是在1930年代之後，實用主義重新開始蔓延全球，這對於先前看重形式的早期現代主義而言，不啻於一場嚴重的打擊。

二

> 「上海建築象徵古典主義的謝幕戰，它映現的是多情善感，棄貧抱富的凡人俗子心態，禁欲抑奢的基督教倫理時代，終結了，終結於上海。一個新的、摩登的、欲望的現代都市，崛起了！」[1]

在晏格文（Graham Earnshaw）看來，上海是古典、傳統的終

---

[1] Graham Earnshaw：*Tales of Old Shanghai.2nd ed*，Hongkong: Earnshaw Books，2012年，頁45。

結，是欲望、摩登的開始。建築尚且如此，文化更無法僭越。確實，在當時號稱上海「時尚第一刊」的《玲瓏》雜誌中，出現次數最多的就是各類時尚女性的裝扮，以及對於都市生活乃至如何追求女性、如何尋覓酒吧夜店的指南與評價，在「新感覺派」的雜誌《無軌電車》與《現代》裏，劉吶鷗、穆時英等作家對於現代建築的描摹、都市物質生活的響往與個人欲望的闡述，皆可見一斑。

　　而這一切彷彿正以極其直觀地、圖像式的表達方式，向文本的接受者傳遞日常生活中的符號，這與裝飾藝術風格又是多麼的相似！無論是堪稱其建築典範的沙遜大廈、美琪大戲院還是當時正時興於上海出版界的圖書裝幀，強調裝飾性、現代感的風格，彷彿向每一個接受者傳遞著複雜、高貴的都市圖景。

　　裝飾藝術風格傳入上海，與世界之同步、流行之迅猛、影響之廣泛以及與中國傳統文化結合之默契，著實令後人驚訝，它不但為洋行、巡捕房、體育館與西式大學提供了建築美學的範本，更影響到了上海的里弄、建築外窗、月份牌甚至旗袍等傳統對象。但事實上，在當時作為租界區遍佈、留學生多泛的中國，一切西方的對象、觀念傳入中國，都是如此的，包括按期出版的雜誌，亦不例外。當然，裝飾藝術風格在中國的傳播能如此迅速，還與歐美地產商、設計師在上海地區的分佈也密不可分。[1]因此，本章認為，裝飾藝術風格與十餘年的滬上「雜誌熱」，兩者之間在傳播符號學上

---

[1]　許乙弘：《Art Deco的源與流──中西「摩登建築」關係研究》，南京：東南大學出版社，2006年，頁81。

存在著兩個密不可分的共同點。

其一，裝飾藝術風格與期刊雜誌都根植於日常生活當中，它們的本質是物化的。

裝飾藝術風格最大的特點就是對於形式的看重，強調裝飾的意義，從大的建築上來看，它崇尚階梯狀的恢宏形態、善於使用光怪陸離的霓虹燈光，旨在炫耀都市文化與工業文明的優越性，從小的服裝、生活用具來看，則是過於強調形式服務與內容。而期刊雜誌則是將文學文本以精緻的書刊形式裝訂成冊予以保留，甚至還可以裝飾以圖片、花邊與異體字，以體現其文本的特殊內涵。兩者共同服務並根植於日常生活，但都是物質性的表像，因為無論是建築（當然也包括服裝、日用品）還是雜誌，實際上都是「器物」而非「道理」。古典的上海里弄並非因為增添了裝飾藝術風格而失去了其居住性的本質——無論是巡捕房、洋行還是政府，均可使用裝飾藝術風格予以表現，而「雜誌熱」乃包括了不同風格、不同內涵的各類雜誌，其中既有如《越風》、《青鶴》這樣昌明國粹的傳統刊物，也有《夜鶯》、《現代》這樣的文學雜誌，更有《玲瓏》、《電聲》這樣的時尚摩登期刊，因此，無論是裝飾藝術風格還是陡然增加的雜誌，實質上都是都市中被物化的日常生活符號。

其次，兩者共同描摹了「消費」這一獨特的都市風景，表現出了早期全球化時代人類的普遍性情感。

甚至在作為「雜誌年」的1935年，上海的裝飾藝術風格也發展到了極致，六大該風格的標誌性建築卡爾登公寓（1935）、上

海市體育館（1935）、上海衛生試驗所（1935）、提籃橋監獄（1935）、百老匯大廈（1935）與建設大樓冶金局（1935）均在這一年落成完工，它們共同存在於兩次世界大戰之間，在第一次世界大戰之後，全球化開始作為了一個新的主題，幾乎影響到了世界上所有的宗主國與殖民地，儘管世界性的金融危機開始爆發，大蕭條迫在眉睫，但處於摩登時代的人類仍然願意沉醉在全球化的都市文化當中。

　　雜誌是消費文化的產物，而裝飾藝術風格亦是消費時代人們所追逐的藝術元素，兩者殊途而同歸。後者甚至還影響到了當時的雜誌裝幀，在「雜誌熱」的年代裏，許多雜誌都習慣用對稱的幾何圖形、高對比度的誇張色調、充滿現代主義風格的版畫作品以及奇特的字體來裝幀封面，進而激起讀者的購買欲，而這樣的風格便是裝飾藝術風格在平面設計領域的延伸。

　　而「消費」恰是全球化時代人類的普遍性情感，隨著第二次工業革命與金融世界的到來，人類進入了以印刷、光影、電聲為主體的都市消費時代，金錢與商品的交易、勞動與享樂的交替，構成了工業時代城市日常生活的主旋律。裝飾藝術風格便是這一主旋律的變奏，從恢宏的沙遜大廈外牆結構到繁複精緻的枕流公寓內部裝潢，都無一例外地反映了裝飾藝術風格，而當時風行於世的各類期刊，既是這一主旋律的參與者，還是其記載者。

　　因此，物化與消費共同構成了裝飾藝術風格與期刊雜誌賴以生存的場域，並且兩者在本質上均具備這兩個基本屬性。在某種程度

上說，兩者是相互依存甚至是共生（symbiosis）的，它們共同完成了早期全球化時代裏城市日常生活的圖景描摹。

三

在史書美看來，作為現代大都市的上海，文化參與者、建構者都是使自己獲得當代性的欲望客體，在整合、吸收現代性理論的同時，還敏銳地發現了上海本身既是一個提供文化活動場域與精神素材的土壤，更是「充滿罪惡、愉悅和色情的城市」甚至到處「充斥著消費和商品化的幻影」。最後，她提出了一個疑問：半殖民都市化的生活經驗，究竟給那些熱衷於將自身整合進國際性世界主義的作家們帶來了什麼？[1]

史書美對於新感覺派作家寫作的質問，之於本章題而言亦有著啟示性的意義。在此，筆者擬借用「狐步舞」與「風景線」兩個名詞來形象地闡明本研究論題的結論，它們分別來自於新感覺派作家穆時英與劉吶鷗的書名——前者出發表於1932年的《現代》雜誌第二卷第一期，而後者則由水沫書店出版於1930年。

劉吶鷗與穆時英亦是當時雜誌的重要辦刊人與上海都市公共生活的參與者，《現代》、《無軌電車》等都市文學刊物均為他們所

---

[1] Shu-mei Shih：*The Lure of the Modern: Writing Modernism in Semicolonial China: 1917-1937*，Berkeley and Los Angeles: University of California Press，2001年，頁183。

編輯並主力撰稿，與此同時，他們亦是與上海都市文化結合最緊密的作家。他們是裝飾藝術風格的擁躉與直接接觸者，無論是他們頻繁進出的舞廳，還是用以寫作的書桌或是就寢的公寓，乃至日常的衣著、月份牌、鋼筆、汽車與公事包，絕大多數都是裝飾藝術風格的產物，因此在他們的筆端，裝飾藝術風格自然而然以文字的形式被流露了出來。

作家與文本在裝飾藝術風格與雜誌之間劃出了優美的狐步舞，這也是當下的我們以傳播符號學的角度重新審理這個問題的一個必須的角度。在消費時代裏，數以萬計的雜誌養活了一大批專欄作家、編輯與自由撰稿人，這些受過高等教育甚至有過海外生活經驗的人，懂得享受一切現代性的東西，在文本中，他們會重新虛構日常生活的場景，並以文字的形式予以表達，因此，從文本的角度來讀解作為環境（condition）的裝飾藝術風格如何構成文化場域中的語境（context）亦是拿捏這個問題的關鍵。

與此同時，我們必須要從另外一個側面來爬梳現代主義在從「環境」到「語境」的變遷，即「風景線」的景觀。作為文化地理學意義上的上海，在1920-30年代，裝飾藝術風格與百樣紛呈的期刊雜誌，共同構成了名副其實的「都市風景線」。

如果「狐步舞」是微觀的視野，那麼「風景線」則必然是宏觀的景象。「上海摩登」作為一個龐雜、整體的體系，它不只是包括建築、文本，同樣囊括了音樂、生活乃至政治。從傳播符號學的角度講，作為意識形態之上的意識形態，「上海摩登」既包括語言符

號（verbal symbol），更包括非語言符號（nonverbal symbol），甚至還包括了大量的畫像符號（iconic）。

「風景線」恰證明了由於全球化、都市文化與工業文明的發展，導致了現代主義從「環境」向「語境」這一由外自內的變遷。到了1930年代後期，裝飾藝術風格在上海地區已然相當成熟，大批建築如新亞大酒樓、凱文公寓、江灣體育場與飛機樓均已落成，而且一大批中國本土的設計師已經掌握了裝飾藝術風格的設計技巧，除此之外，裝飾藝術風格已經滲透到了服裝百貨的設計、室內裝潢與書籍裝幀當中——1939年蕭乾的小說集《灰燼》在封面上便是典型的裝飾藝術風格。

從「移花接木」到「水乳交融」的變遷，恰好反映了「上海摩登」這一「風景線」的形成，遍佈日常生活各個領域的裝飾藝術風格與正在興旺發展的上海雜誌事業共同構成了十里洋場獨到的文化風景。但可惜的是，隨著1937年上海事變的爆發，上海的雜誌事業也瞬間進入到歷史最低點。「上海的出版界幾乎可說是停頓。文藝單行本不出，學術研究專著更是絕無……近年學術研究空氣完全等於零的時期。」[1]

戰爭阻攔了現代主義的蔓延，消費主義、都市文化、工業文明都因戰爭而停滯了。其後的文本、風景、觀念都發生了翻天覆地的歷史變遷，環境與語境不再是先前的模樣。儘管日常生活符號在傳

---

[1] 湫六：〈七年來的上海雜誌事業（上）〉。

播的過程中依然可以窺探出與1920-30年代日常生活與意識形態的先承後續，但已經分支的現代主義，在戰後的中國、東亞甚至全世界已然呈現出了新的樣態。

在此，可以借用吉爾・利波維茨基（Gilles Lipovetsky）的一句話作為本章的結尾，「我們曾擁有的是尚未完成的現代性，現在到來的是已臻極致的現代性。」[1]

---

[1] Gilles Lipovetsky：*Empire de L'éphémère*,Princeton University Press，1994，頁32。

秀威經典　　　　　　語言文學類　PG1613　新視野24

歷史與摩登：
文化研究視角下的中國現代文學

作　　　者／韓　晗
責任編輯／杜國維
圖文排版／周政緯
封面設計／蔡瑋筠

出版策劃／秀威經典
發 行 人／宋政坤
法律顧問／毛國樑　律師
印製發行／秀威資訊科技股份有限公司
　　　　　114台北市內湖區瑞光路76巷65號1樓
　　　　　電話：+886-2-2796-3638　傳真：+886-2-2796-1377
　　　　　http://www.showwe.com.tw
劃撥帳號／19563868　戶名：秀威資訊科技股份有限公司
　　　　　讀者服務信箱：service@showwe.com.tw
展售門市／國家書店（松江門市）
　　　　　104台北市中山區松江路209號1樓
　　　　　電話：+886-2-2518-0207　傳真：+886-2-2518-0778
網路訂購／秀威網路書店：http://www.bodbooks.com.tw
　　　　　國家網路書店：http://www.govbooks.com.tw

2016年10月　BOD一版
定價：280元
版權所有　翻印必究
本書如有缺頁、破損或裝訂錯誤，請寄回更換

國家圖書館出版品預行編目

歷史與摩登：文化研究視角下的中國現代文學 /
韓晗著. -- 一版. -- 臺北市：秀威經典,
2016.10
　面；　公分. -- (語言文學類；PG1613)(新
視野；24)
BOD版
ISBN 978-986-92973-8-7(平裝)

1. 中國當代文學　2. 文化研究　3. 文學評論

820.908　　　　　　　　　　105017151

讀者回函卡

感謝您購買本書，為提升服務品質，請填妥以下資料，將讀者回函卡直接寄回或傳真本公司，收到您的寶貴意見後，我們會收藏記錄及檢討，謝謝！如您需要了解本公司最新出版書目、購書優惠或企劃活動，歡迎您上網查詢或下載相關資料：http:// www.showwe.com.tw

您購買的書名：_____

出生日期：_____年_____月_____日

學歷：□高中 (含) 以下　　□大專　　□研究所 (含) 以上

職業：□製造業　□金融業　□資訊業　□軍警　□傳播業　□自由業
　　　□服務業　□公務員　□教職　　□學生　□家管　　□其它_____

購書地點：□網路書店　□實體書店　□書展　□郵購　□贈閱　□其他

您從何得知本書的消息？

　　□網路書店　□實體書店　□網路搜尋　□電子報　□書訊　□雜誌

　　□傳播媒體　□親友推薦　□網站推薦　□部落格　□其他_____

您對本書的評價：(請填代號　1.非常滿意　2.滿意　3.尚可　4.再改進)

　　封面設計____　版面編排____　內容____　文／譯筆____　價格____

讀完書後您覺得：

　　□很有收穫　□有收穫　□收穫不多　□沒收穫

對我們的建議：_____

_____

_____

_____

11466
台北市內湖區瑞光路 76 巷 65 號 1 樓

秀威資訊科技股份有限公司 收
BOD 數位出版事業部

....

（請沿線對折寄回，謝謝！）

姓　　名：＿＿＿＿＿＿＿＿＿　年齡：＿＿＿＿　性別：□女　□男

郵遞區號：□□□□□

地　　址：＿＿＿＿＿＿＿＿＿＿＿＿＿＿＿＿＿＿＿＿＿

聯絡電話：(日)＿＿＿＿＿＿＿＿＿＿　(夜)＿＿＿＿＿＿＿＿＿

E-mail：＿＿＿＿＿＿＿＿＿＿＿＿＿＿＿＿＿＿＿＿